·全民微阅读系列·

回家的路

李翠娟 著

江西高校出版社

图书在版编目（CIP）数据

回家的路 / 李翠娟著 .— 南昌：江西高校出版社，2017.1（2021.1重印）

（全民微阅读系列）

ISBN 978-7-5493-5036-0

Ⅰ. ①回… Ⅱ. ①李… Ⅲ. ①小小说—小说集—中国—当代 Ⅳ. ① I247.82

中国版本图书馆 CIP 数据核字（2017）第 017690 号

出版发行	江西高校出版社
社　　址	江西省南昌市洪都北大道96号
总编室电话	（0791）88504319
销售电话	（0791）88592590
网　　址	www.juacp.com
印　　刷	永清县晔盛亚胶印有限公司
经　　销	全国新华书店
开　　本	700mm×1000mm 1/16
印　　张	14
字　　数	160千字
版　　次	2017年1月第1版 2021年1月第2次印刷
书　　号	ISBN 978-7-5493-5036-0
定　　价	45.00元

赣版权登字 -07-2017-46

版权所有　侵权必究

图书若有印装问题，请随时向本社印制部（0791-88513257）退换

目录

第一辑　无比感动 / 1

我只要一份信任 / 1

父母的爱情 / 4

来看病的女人 / 7

你的坚守让人感动 / 10

不是一场婚外情的故事 / 13

翻过墙头的饺子 / 15

令人感动的木匠 / 17

不想拖累你 / 20

让你看到我很好 / 23

人在，信义在 / 25

第二辑　无限感恩 / 28

水上的期盼 / 28

团聚 / 31

搬家 / 34

帮扶 / 36

王大爷笑了 / 38

用心感恩 / 41

感恩父亲 / 44

感恩的路 / 46

感恩于那份等待 / 49

二姨住上了新楼房 / 52

幸福的工资 / 54

回报大山 / 57

回家的路 / 59

木槿花开花落 / 62

盼你醒悟 / 65

有你们的爱陪伴，我不孤单 / 67

第三辑 深沉感念 / 70

那抹茶香 / 70

槐花飘香 / 73

奶奶，我永远的怀念 / 76

一份怀念 / 79

让人流泪的父爱 / 82

亲亲的娘 / 84

小院里的幸福 / 87

流淌着的爱 / 90

谎言里的爱 / 93

让我照顾你…… / 95

我们一直在 / 98

倔强父子 / 101

麦浪滚滚 / 103

相伴到老 / 106

违章背后 / 109

第四辑 异常感慨 / 113

红色的力量 / 113

起屋 / 116

那棵梧桐树 / 119

送个女儿给你 / 122

生活原来这样美好 / 125

和一只狐狸的爱恨情仇 / 128

冬天还没来…… / 131

征婚 / 133

那丛波斯菊 / 136

那条狗 / 139

山村的孩子 / 141

永远的友情 / 144

坚强走下去 / 147

消毒 / 150

按摩 / 152

第五辑　非常感叹 / 156

黑白之恋 / 156

兄弟之间 / 160

渴望在一起 / 163

我们一直在 / 165

只因你善良 / 168

那场意外 / 171

母亲的心事 / 174

温暖的地方 / 176

春妮 / 179

神秘的贼 / 182

杏花儿开满了山 / 185

六指儿 / 188

晚霞绚丽 / 190

那份善良 / 193

山那边 / 196

第六辑　独特感悟 / 200

幸福的开始 / 200

你让我更美 / 203

坚强向上每一天 / 206

爱的方式 / 208

不该丢掉的简单幸福 / 210

不想被打扰的幸福 / 212

做一只展翅的雄鹰 / 215

第一辑　无比感动

　　折一段时光，写一抹眷恋，碾过红尘悲欢，绕过眉心不悔，将相遇的感动静收心间，在心灵深处，温暖生香。那些与你心心相携的过往，是红尘深处，最深情的歌唱。因为感动，人世变得脉脉多情，多姿多彩！友人的思念令人感动，爱人的关怀令人温暖，父母的养育之恩感天地泣鬼神！

我只要一份信任

　　人与人之间，信任是必不可少，也是异常重要的。因为缺少信任，多年来，她一直小心翼翼地试探着……没想到竟把自己试探成了一个可怕的骗子，她该何去何从……

　　她躺在病床上已经半个月了。

回家的路

半个月前，她在回家的路上遭遇了车祸。所以，在网上，就失踪了半个月。

她隐身在线，想看看群里的情况。

群里乱成了一锅粥，各种猜测都有，她突然觉得有些茫然。

反应最强烈的是他。

他不停地责问、谩骂，说她是个骗子。

她的心像是掉进了冰窟一般。

她一直以为他是可以让自己托付终身的。

她建这个群的初衷就是想从群里找到自己的伴侣。群里的人也都知道这件事。

几年间，她认识了很多朋友，群里的成员也已经有三百多人了，平时大家在一起开个玩笑，说说心里话，畅谈一下生活和理想，她觉得很开心。在这样的交往中，很多网友渐渐处成了知己。

他就是其中一个。

他约她见面。

她欣然前往。

他没有他自己说的那么有钱，这让她想不到。

但她还是开口了，她说她想借一笔钱。

他沉默片刻，点了点头。

那一刻，她的心像是开了花般的温暖。

自此，她用心交往，她觉得他是可以信赖的。

直到突然出了这次车祸。

她没有通知他，也是故意为之。

群里又开始讨论，有说她出国的，也有说她外出学习的，还有的说她真是个骗子……她冷眼观看，没有出声。

第一辑　无比感动

他还在那卖力地骂着。

那个叫"章鱼"的网友站起来为她辩解的时候,她刚好在睡觉。当她醒来的时候,章鱼已经和他谈好了条件。

章鱼说:"这么多年了,群主的为人,大家应该很清楚。我相信以群主的为人,不可能是一个背信弃义的人,她或许真的遇到了难处……如果你信任我的话,我可以分期帮群主还那笔欠款,虽然我只是一位水暖工人……"

她忍了忍想说句话,可她没说。

果然,以后的日子里,章鱼总会定期在群里显示一张银行汇款的回执单,那是他帮群主还款的凭证,他说到做到了。

群里又掀起了讨论的高潮。

只是,她已经没有了现身的兴趣。她索性一直隐身观看。

章鱼,她是见过的。

那时候,她在群里表明自己想找个伴侣的时候,他曾经给她发过来一张照片,一身沾满泥子粉的工作服,虽然有些寒碜,但是脸上的笑容却很阳光……

她让秘书找到了他所在的那家建筑公司。

秘书把他带到她那间宽敞明亮的办公室里面时,他还是那么阳光地看着她,不卑不亢。

她说谢谢你,替我还了这么长时间的欠款……

他突然有些恼怒。

他说,你觉得这很好玩吗?戏弄别人是不道德的……

章鱼摔门而去。

回家的路

片刻的发愣以后,她颓然坐倒在那张舒适而高贵的真皮椅子上,脑子木木的,不知如何是好。

她想起老公去世前和她说的那些话。

老公说,你还年轻,应该再找个人嫁了,只是这万千财产是个祸害啊!它会让你看不清男人的真实面目,你得帮我把这份家产替儿子看牢了……

多年来,她一直小心翼翼地试探着……没想到竟把自己试探成了一个可怕的骗子。

她追了出去……

是的,她不能再错过了……

父母的爱情

我从来都没觉得父亲和母亲之间会有爱情。后来我才发现他们之间是有爱情的。只是不善表达的父亲表现爱情的方式很特别,但仔细品味,却异常温暖……

我从来都没觉得父亲和母亲之间会有爱情。

父亲脾气暴躁,对待母亲,他从来都像是呵斥一个佣人般,很少能好好地和她说一句话。如果母亲饭菜做得不可口,父亲更会恼怒地直接把碗摔碎在母亲面前。

我对父亲是有怨恨的。

我不明白他为什么这样对待母亲。听姑姑说,母亲年轻的时候,是附近几个村子出了名的漂亮姑娘,而且她性格温和,善良孝顺,嫁过来以后,村子里的人没有不夸赞的。所以我更加不理解父亲对母亲的这种态度。

第一辑　无比感动

因为父亲的这个样子，我从小都对他敬而远之。有时看见他大声呵斥母亲，我会忍不住替母亲反驳他几句，心里积聚下对父亲越来越深的反感和排斥。

我从没见过母亲发火。父亲对她这样，她总是不温不火，该干什么干什么，等父亲发完火，她照样笑着把饭菜端上去，伺候父亲吃饭。

对于母亲的这种态度，我是无法理解的。我不明白，她为什么要这么逆来顺受。

记得那个夏天，雨水出奇的多。

大雨一场接一场地下着，地里的庄稼都淹了。

这天，雨下得正大，我和弟弟趴在窗户前，看着外面如注的雨水，有些不知所措。突然，父亲像疯了一般地从外面跑进来，大声叫着我的名字，问，你妈呢？我说刚才雨小的时候出去了……

父亲头也不回地又冲到雨里去了。

父亲是一边骂着一边把母亲背回来的。原来，母亲怕地里刚种上不久的大豆被雨水浸坏了，就披着蓑衣，冒着雨从田里往外放水。父亲找到母亲时，有风湿病的母亲正弯着腰在雨水里忙碌。

父亲冲上前，把母亲手里的工具扔到一边，蹲下身子把母亲背了起来。后来，父亲骂了母亲好几天，骂她丢了那天在雨中被他扔了的那把工具。

母亲只是笑着，并不反驳。有好几次，都是父亲端过母亲递过来的饭菜时，才停下责骂。

责骂归责骂，父亲对母亲其实异常关心。

记得那个冬天，母亲去姥姥家，天黑了还没有回来，父亲皱着眉头吃了我做的饭菜，在院子里背着手走了几圈以后，终于对我大声说道，我去把你那个傻瓜妈接回

5

回家的路

来，你姥姥家没有土炕，晚上她的风湿病受不了……

渐渐地，我和弟弟都长大了，各自考上了大学。

外地求学的日子里，我总会担心母亲会在家里遭受父亲的言语虐待。

放假回家的时候，大门虚掩着，院子里静悄悄地，只有那棵石榴树花开得正旺。

我正纳闷，突然从堂屋里又传出了父亲的责骂声，你个死老太婆，不中用的，孩子快回来了，你赶紧帮我找件干净衣服啊……

母亲说，哦，你先等会，我正在找……话语里没有半点恼怒。

私下里，我多次问母亲，你过得幸福吗？

母亲总会诧异地看着我说，这孩子，怎么说话的？有你和弟弟，有你父亲，一家人平平安安快快乐乐地在一起生活，怎么会不幸福？

那天，父亲破例给母亲帮厨，看父亲笨手笨脚的。母亲说，你还是去等着吧！我一会就做好了……父亲不满地看了她一眼，回过头看我站在后面，笑了笑，不好意思地出去了。

记忆中，这是父亲第一次进厨房的门。可是母亲却说，其实，你父亲虽然凶点，对我却是很好的……

我要返校了。父亲说，别忘了给你母亲买药寄回来。我到学校的那个早上，父亲给我打了三个电话，都是嘱咐我给母亲买药的事情。那一刻，我有种想哭的冲动。

父亲是爱母亲的，他们之间是有爱情的。

不善表达的父亲表现爱情的方式虽然特别，却朴实温暖。

第一辑　无比感动

来看病的女人

世间自有真情在，来看病的女人重情重义，他也重情重义，都是善良的好人。他因为愧疚在女人死后，百般疼爱那个男孩，结局出乎意料却又在意料之中。

女人是来找他看病时留下的。

女人从很远的地方慕名而来，山村偏僻，可是因为他医术高超，在方圆百里都有极高的威望，所以女人还是找来了。

女人带来了一个七岁的小男孩。

小男孩机灵，深得他的喜爱。

女人的病很重，他在药铺旁边找了一处空房子把她安顿下来。他说这个病想要康复得慢慢调理。

女人说，反正我家里也没什么亲人了，就先在这里住下吧。

他有一个女儿。老婆瘫痪在床已经多年。她来后，两个孩子自然就玩在了一起。

找他看病的人很多。她身体好的时候，会帮他缝缝补补，也会帮他伺候他的媳妇。他很感激，再配药的时候，总会斟酌半天，只希望能尽快治好她的病，让她恢复健康。

那日，村子里的二流子看见她端坐在石屋前熬药，白皙的脸庞在柴火的映照下显得更加羞俏动人，不免起了歹心。

她被二流子拖进屋内的时候，拼尽力气大喊，他闻

回家的路

声赶来，往日平和的眼睛里像是要喷出了火……二流子被他威严的气势所震慑，顾不上刚才撕扯时掉的一只鞋，连滚带爬地逃出了石屋……

她抬头看他一眼，眼睛里竟然有了浓浓的怨恨……

他叹口气，帮她带上房门，退了出去……

女人因为惊吓，竟然病情加重，卧床不起。他找来了车，哀求她去城里的大医院看看。她摇摇头，虚弱地说："我知道我的病，活到今天我已经知足了……"

他衣不解带，日夜给她熬药，喂药，眼睛里面布满了鲜红的血丝，可是最后，她终究还是没熬过这一关，撇下孩子，眼含泪水咽了气。

他把她留下的儿子当作自己的儿子一样抚养。

男孩从小调皮顽劣。他不知操了多少心。早生的华发渐渐覆盖了大半个头顶。可是，他却怕委屈了孩子，总是竭尽所能地满足孩子的要求。

孩子慢慢长大，村里人都敬重他收养孩子的重情重义。

女儿想考医校。他没答应。但他却送男孩去城里最好的学校读书。男孩因为他一再的娇纵，开始自高自大，不但在村子里惹是生非，而且在学校里也整天打架斗殴，给他惹了无数的麻烦。

乡亲们都劝他不能再这么娇惯孩子。他望一眼以前女人住过的石屋，心中被一阵阵的悲伤撕扯着。

他把男孩带回来，让他跪在女人坟前认错。

男孩昂着头，倔强地望着远方，不理他。

他抬起巴掌，男孩却恨恨地望着他："你打吧，你又不是我爸爸，你有什么资格管教我……"他一愣，腿一软，坐在了坟前，眼睛里顿时贮满了浑浊的泪水。

第一辑　无比感动

男孩起身离开，临走不忘鄙夷地望了他一眼。他愣愣地，看着男孩的身影越走越远……

男孩终究还是因为参与盗窃团伙，负罪外逃……

他心急如焚，却又暴跳如雷。

他嚷道，只要他敢回来，就打断他的腿。

只是更多的时候，他总会被一份愧疚和悔恨笼罩着。

那个漆黑的夜里，男孩还是回来了。浑身是伤地跪在他面前。一条腿因为伤势严重走路有些艰难。赶来的乡亲劝他网开一面，养好伤再处置也不晚……他铁青着脸不说话。

瘫痪的媳妇，在床上哀求他："你要是把他送进牢里，你怎么对得起他母亲的交代？你已经对不起这母子了……"

他惊讶地看着媳妇。媳妇哽咽地说，他是你的亲儿子，她一直不让我告诉你……

晨曦微露。

早秋的露珠打湿了小道，也打湿了他的心情。

男孩坐在独轮车上，被他送到了派出所。

男孩进派出所大门的时候，突然说："爸爸，我不恨你……"

女人的坟前。他跪下来，号啕大哭。

多年前，他外出行医迷了路。山脚下，丈夫早逝的女人收留了他一晚。

女人病重来投奔他时，从没有说过男孩是他的儿子。

一个字都没有说过……

回家的路

你的坚守让人感动

老秋为了乡亲们的健康，一辈子坚守在这个穷苦落后的村庄，为此老婆儿子离开了他，可是后来儿子被老秋的精神所感动，医校毕业后义无反顾地回来了……

冬夜。

窗外凛冽的寒风猛烈地吹打着窗户，刺骨的寒气从墙壁的缝隙中狂傲地钻了进来，屋内因为长年没有烟火的熏染，到处都冷冰冰的。

老秋出诊回来，拖着疲累的身体艰难地爬到那张检查床上，鞋刚脱了一只，那两扇破旧的门板就被人擂得山响，秋大夫，秋大夫，快醒醒，有急诊病号……老秋打一激灵，跳下床去，提着脱掉的那只鞋跑去开门。

门外的二狗子满脸汗水，上气不接下气地说："秋大夫，快点……我家菊花肚子疼得厉害，赶紧去看看……"

老秋没等他说完，已经转身背起桌子上的药箱，大步跨出门外，他知道菊花家离这有三里多的山路，耽误不得。

老秋是附近几个山村唯一的乡村医生，因为是山区，交通闭塞，经济落后，离镇上又远，所以，老秋平时在乡亲们的眼里就是"活命"的人。这么多年里，老秋的生活就是在翻山越岭为乡亲们看病的奔波中度过的。

自从当年老婆带着年幼的儿子离家出走后，老秋都不记得还有个家的存在，他已经多年都不回家了，那个

第一辑　无比感动

简陋诊所成了他的家。

想起老婆和孩子,老秋的心忽然一阵疼痛。遥想当年,老婆因为他坚持当乡村医生,对家里的事几乎不管不顾,虽说很忙,赚钱却很少,老婆觉得生活无望,就带着儿子离他而去了……想到这里,老秋的心里灌满了酸楚……

赶到菊花家,老秋拨开围了一屋的乡亲,看着脸色苍白,蜷在炕上呻吟的菊花,他顾不上说话,马上拿出药品和检查所用的器械,开始仔细地诊治起来……

桌上的钟表滴答滴答响着,时间分分秒秒地过去,没等那半瓶药水滴完,菊花就停止了呻吟,脸色也已渐渐红润起来。菊花家人看到这种情形,紧皱的眉头渐渐舒展开来。

老秋擦把脸上的汗水,抬头看看窗外,东边的天空已泛出了鱼白肚。

老秋顾不上喝二狗子递过来的那杯茶水,急忙收拾一下东西准备往回赶,他知道,庄户人起得早,此时诊所的院子里,怕是早已有等着抓药的乡亲了。

老秋家,要经过一道陡峭山梁,以前年轻时,他很快就能爬上去,可现在不行了,每爬一步都觉得吃力,想想自己日渐年迈,心中不免有些凄凉。要是将来自己老得不能动了,乡亲们看病该有多不方便啊!他目光忧伤地看着脚底下的村子,自言自语道。

前几年村子里也有考上医学院的学生,可是毕业后谁也不愿回来。就连他的儿子也不愿意回来。也许是受到自己的影响吧,老秋的儿子春生也是上的医学院,老秋知道春生今年夏天就毕业了,老秋也曾梦想春生能够回来,但那不过是一闪而过的想法而已,儿子怎么会回

回家的路

来呢？想起半年前儿子征求自己的意见时，自己建议儿子回来，儿子立即拒绝了，连一丝犹豫都没有。春生很快在外面找到了工作，虽说不是什么大医院，但至少是正规单位，还在一个海滨城市。现在春生怕是已经同医院正式签合同了吧！

老秋想到这里，不禁加快了脚步，他想早一点回去忙完，抽空去一趟镇里看看，他希望镇里能从刚毕业的大学生中间找一个到村里来工作。

刚拐进村里，就听到前面人声鼎沸，到处都是乱糟糟的声音，老秋心中一紧，不知道出什么事了，于是急步赶上去。

"秋大夫回来了！"人群中不知谁喊了一嗓子，场面顿时安静了下来，没等老秋站稳，人群中走出一个小伙子，走到老秋面前，喊了一声："爸爸，我回来了！"老秋听完，身子晃了晃，忙仔细看着这个小伙子，小伙子伸手把老秋身上的药箱拿下来。

"告诉爸爸，你这次回来打算待几天？"忙完诊所里的事，中午老秋去村里的小卖部切了一包猪头肉，买了一包花生米，一包榨菜，炒了一盘鸡蛋，和儿子喝酒。

"我不走了！我打算留下来，接替你的工作。"春生重重地咽下一口酒说。

"你不是在外面找到工作了吗？"老秋半信半疑地说。

"嗯，医院准备跟我签正式合同，我和妈妈商议了一下，还是决定回来，于是就没跟他们签合同。"春生说。

"那怎么行！还是跟他们签合同吧！当时我让你回来，也不过是一时冲动，还是在外面有发展空间！"老秋咽下一大口酒说。

> 第一辑　无比感动

"说实话，一开始我也不愿回来！是母亲非让我回来的。母亲说就你那犟脾气，我不回来接替你，你不得干到累趴下！"春生说。

老秋端起满满的一杯酒，一饮而尽，接着竟然趴在桌子上呜呜地哭了起来。

不知什么时候，凛冽的寒风已经停了，阳光透过玻璃斜照到屋内，很温暖，很温暖。

不是一场婚外情的故事

老婆怕孤身在外的古方在外面变坏，所以匿名和古方聊天，开始古方很理智，没想到时间长了还是动了心思。他想利用假期回来和这个女人见面，后来看了老婆留在茶楼的纸条才明白真相……

古方是在网上认识这个女人的，是女人主动加的他。

古方注意这个女人，是因为读了一篇她的散文，她的文章文笔清新，语言优美，很让他欣赏。古方读大学的时候也是写散文的好手，所以，他一直喜欢这样的文章。

古方告诉女人，他只是在南方一个边陲小镇打工的打工仔，一直酷爱文学，但是却迫于生计放弃了这个爱好……古方还告诉女人，他的老家和她住同一座城市，有时间回去的时候，可以去看看她，女人没有怀疑他的话和他描述的艰难的打工生涯，很快给他回复，字里行间都透着对他深深的同情。

回家的路

古方和她聊文学，聊人生。时间久了，孤寂的心像是一条突然游进水里的鱼，顿时有了着落，夜晚的时间也不再那么难熬。

女人说和他聊天很开心，因为他对人生独到的见解对她的写作启发很大。但是古方知道，这只是自己玩的一个游戏，不可以把这种生活和感情当真。

女人善良，总是惦记古方的工作和饮食起居，叮嘱古方照顾好自己，面对女人的关心和柔情，古方有时也会有片刻的恍惚，以为自己真是网络里的那个每日在车间里辛苦工作的男人。

女人问古方，你平时穿白色衬衣吗？我很喜欢穿白色衬衣的男人……古方说，自己干的工作很脏，没法穿这样的衣服，女人有些失落，但马上又开心地聊别的话题。古方低头看一下自己身上的白衬衣，不禁笑出声来，妻子也喜欢自己穿白衬衣的样子。

古方和女人说，自己中秋节想回家……话没说完，女人突然打过来一句话："想回来就回来吧，有什么困难我可以帮你……"古方在这一刻感到很温暖，也突然很渴望见到这个女人。

古方其实和女人撒了谎，古方不是打工仔，他自己经营着一家公司。

古方来南方打拼的这几年，当初小小的公司已初具规模，事业越做越大，有时，独自坐在宽敞明亮的办公室里看着窗外的景色，孤独会猝不及防地涌上来，这让古方感到无所适从。

古方在老家有深爱的妻子和儿子，可是妻子因为儿子还有两年就要高考执意不跟他南下，古方只好妥协。

古方是那种顾家的男人，想当年，有文学系才女之

> 第一辑　无比感动

称的妻子不惜和父母决裂，嫁给了一贫如洗的他，让他一辈子都感激，古方告诉自己不能忘本。

可是闲暇之余，古方还是感到了一份彻骨的寂寞。

古方身边不乏投怀送抱的女人，可古方都冷静地拒绝了。古方知道这些女人看中的是他的钱和权，古方一直都很排斥这样的女人，他更不想背叛自己的妻子。

古方没和女人透漏这些，是因为他开始只想和女人玩一场暧昧的游戏，但他现在却对这个女人动了心。他和女人说，他已经决定中秋节回家，他问女人，能不能帮他买一件白衬衣寄给他，他想穿着白衬衣去见她，女人有片刻的犹豫，可还是让古方把地址发给她。

古方收到衬衣的一刹那，心已经飞到了女人那里。他穿着白色衬衣坐在和女人约好的那个古朴幽静的茶楼里，时间分分秒秒逝去，却看不见女人的影子。

茶楼里那个清秀的伙计，第三次过来续茶的时候，顺带给他递过来一张纸条。熟悉的字体让古方惊讶不已。

字条上写着：回家吧，我在家里等你……

翻过墙头的饺子

天气虽然寒冷，可是小伙伴们却用滚烫的饺子温暖了刘大爷的心……早上，天已经晴了，新年的阳光异常明媚。巷子的尽头，刘大爷笑呵呵地和大家说着话，不用问，昨晚的水饺肯定很香很香……

那年春节好像格外冷，鹅毛般的大雪铺天盖地地落

回家的路

着，不出半日，已覆盖了整个山村。

除夕夜，我坐在滚热的炕上，异常郁闷。

母亲在炕下包水饺。那些馅大皮薄的水饺在盖顶上，一圈一圈，围成了一朵硕大的花朵。窗外偶尔有零星的鞭炮声响起，估计是那些调皮的孩子放的。

父亲在外面扫雪，沙沙的声音透过窗户钻到我的耳朵里。我跑下火炕，悄悄打开门，顿时一股巨大的风雪夹裹着寒气钻了进来，我不禁打了个寒颤。

我赶紧关上门，跑回炕上。过了一会，父亲进来说，雪太大，街上的雪都没扫，也没法行走，你就安心在家看电视吧，别出去玩了。

我几次想溜出去，都被父母制止了。

隔壁的小胖在干什么呢？往常这个时候，他应该早就到我们家报到了。以前天气好的时候，我们经常坐在两家共有的院墙上玩耍。我们这个巷子一共住了十几家，两家中间的院墙都很矮，有时小伙伴们没有玩够，就把饭碗端出来，坐在墙头上一边说话一边吃，一家连着一家，那场面甚是过瘾。

雪好像更大了。

母亲已经包好了水饺，再过几个小时，我们就开始吃年夜饭了。可是刘大爷怎么办呢？我更加焦躁不安起来。

12点的钟声已经敲响。父亲冒着大雪放了一挂鞭炮，村子里的鞭炮声此起彼伏地响起……母亲已经把热气腾腾的水饺盛在碟子里，我无聊地拿起一个水饺放在嘴里。正在这时，忽然听到小胖喊我，我顿时来了精神，穿上鞋快速拉开门冲了出去。

墙头的那边，小胖正把一个盛满了水饺的碗费力往

第一辑　无比感动

我这边递，我接过来，他说："雪太大了，咱没去给刘大爷包水饺，也没法去他家送，就把饺子隔着墙头往前传吧……"

我点点头，快速跑到屋内，把水饺倒在一块笼布里，又从桌子上拿起一碗倒在里面，然后去喊墙西面的大伟……

刘大爷住在巷子的最西头，中间隔着四五家。他是一位单身老人，这么多年一直都是自己过，往年除夕，我们几个小伙伴都在几位姐姐、哥哥的带领下，去帮他包水饺，前几天我们也早就商量好了，没想到突降的大雪打乱了我们的计划……

早上，天已经晴了，新年的阳光异常明媚。

巷子里传来热闹的声音，那是邻居们在铲雪。

巷子的尽头，刘大爷笑呵呵地和大家说着话，不用问，昨晚的水饺肯定很香很香……

令人感动的木匠

木匠等了三姐很多年，可是三姐却始终不答应，后来木匠终于不忍心看着三姐再这样下去，就把真相告诉了三姐……三姐后来是用一根麻绳结束自己生命的，没有人知道她决定把自己挂在那棵石榴树上的时候，内心有多么悲伤。

院子里张灯结彩，喜气洋洋。酒桌上觥筹交错，热闹非凡。喜庆的气氛与浓郁的酒香陶醉了半个村子。

回家的路

三姐挺着怀孕六个月的大肚子，在各个酒桌间笨拙地穿梭着，不时笑眯眯地和大家打招呼。三岁多的女儿跟在她身后，两手拿着好吃的，蹦蹦跳跳地唱着歌。

接到三姐夫出车祸的电话时，小妹的婚礼刚进行到一半。三姐一屁股坐到地上，大口喘着气，眼睛瞪得大大的，像被谁绊了一跤，痛得岔了气一样，过了好久才号啕大哭起来。

沉浸在兴奋中的人们，都被这突如其来的噩耗惊呆了。他们围在三姐周围，不知说什么才好。

等三姐回过神来，爬起来拨开人群就往外跑。小妹一把拽住了她，周围的人也都不让她去，怕她会有什么闪失。三姐再次号啕大哭起来，小妹也哭得一塌糊涂，嘴里叫着姐姐，都怪我不好，如果不是为我忙婚礼，他怎么会出事……八十多的老母亲也颤巍巍地走过来拥住三姐，哭得肝肠寸断。

三姐眼神直直地说，不怪你们，都怪我，他说要回去加班，我没拦他，我要拦住他就好了……没等说完这句话，三姐就哭昏了过去。

给三姐夫办完后事，三姐就领着女儿在娘家住了下来，很少再回那个令她悲伤的家。

多少次，家人都劝她打掉肚子里的孩子，说少一个孩子，少一份负担，也容易再找个人家。特别是小妹，不但很快就忘记了对三姐夫死的愧疚与自责，而且无比坚决地要求三姐打掉孩子。家人态度的突变，让三姐体会到了更多的世态炎凉，人才走几天啊！大家的态度就全变了。

三姐却铁了心般，不理会任何人的劝说。

这年秋天，三姐生下了一个儿子。

> 第一辑　无比感动

生下儿子的三姐，更加沉默了，她每日在老娘的帮助下专心照顾两个孩子，抽空还去绣花厂拿一些针线活挣点零花钱，可日子还是过得拮据。

这期间，也有不少人给三姐提亲，劝三姐找个男人，可都让三姐礼貌地回绝了。也有几个男人想对三姐好，但都被三姐无情地赶走了。可是，有个腿有点瘸的木匠，却不在乎三姐的态度，隔三岔五地来看她，还经常给孩子买成堆的玩具和吃的。

三姐知道这个男人是小妹婆家那个村子的。虽然因为小妹的冷漠，三姐不再愿意搭理她，可是三姐知道，小妹还是在惦记自己。

一晃十几年过去了，孩子都已渐渐长大，年迈的母亲也敌不过岁月的流淌，在一个冬日的下午，安静地去了。老母去世后，三姐没有理由再住在老家里，就收拾一下东西，领着两个孩子又搬回了自己的家。也就是从那个冬日开始，三姐更快地苍老了下去，昔日光滑的额头迅速变得千沟万壑。

木匠还是不间断地来看望三姐。

那天，木匠又来给三姐送东西，装了满满一大车。两个孩子都已经去上学了，木匠也是因为家里没有别人，才鼓了鼓勇气对三姐说，我俩结婚吧，我想照顾你一辈子。

那天，三姐正坐在院子里的石榴树旁边，沐浴着冬日暖阳，认真地绣一朵白色的康乃馨。木匠说这话时，她甚至连头都没抬，插针拉线速度也没有任何改变，待她缝好一针，淡淡地说，拉着你的东西走吧！我有男人，他住在我的心里。

木匠呆愣愣地站在原地，过了好久，才叹了口气，

回家的路

拉着车子向外走。临出门，他像下了很大决心，不忍心说却又忍不住说，你这是何苦呢？真为你觉得不值。他对你这样，你还肯为他受这种罪！

你说的是人话吗！他对我怎样，我能不知道！三姐忽地站起来，三步并作两步地冲过去，气冲冲地挡在了木匠前面。

木匠想不到平日挺柔弱的三姐竟一下变得如此强硬，他嗫嚅了好久才说，你想过没有，他真去上班的话，需要走那条路吗？他是从他相好的家里出来后出的车祸，这是你妹妹告诉我的，你母亲也知道，她们是怕你接受不了才商议好了不告诉你的，这也是她们一直劝你打掉孩子的重要原因。

三姐摇晃了几下，身子就瘫软了下去。木匠急忙扶住了三姐，三姐才没跌倒。

第二天，三姐就自杀了，撇下了两个尚未成年的孩子。那天，虽然是个冬日，可是太阳暖暖地照着，风也刮得很轻柔，不像以往那样，刮在脸上，像鞭子抽了似的疼。

三姐是用一根麻绳结束自己生命的，没有人知道她决定把自己挂在那棵石榴树上的时候，内心有多么悲伤。

石榴树是她结婚那年，与丈夫一起种下的。

不想拖累你

女孩无微不至地照顾着男人，男人对女孩态度却始终不好，这次男人又把女孩赶走……后来我终于明白，

第一辑　无比感动

男人之所以要让女孩走，从根本上来说，是因为他是爱她的，他不想拖累她。

女孩和那个坐着轮椅的男人，每天都准时出现在学校外面的林荫小道上。

女孩二十多岁，青春逼人，靓丽无比。男人看上去比女孩大许多，或许因为秃顶的缘故吧！

每次碰见他们，我都会静静地跟在后面走一段路。这么做，不为别的，只是想近距离地感受一下有爱围绕在他们周围的温馨，体会一下他们带给我的那份平和的温暖。

有时站在楼上办公室的窗户边，偶尔也会看见那女孩推着男的去附近的菜市场买菜，走一会，也许累了，女孩就会停下来，低头对那男的说着什么，我虽然看不清那男人的脸，却能想象得出他此时脸上挂着的笑容。

一个月，两个月……日子就这样静静地流淌着，在小道上散步的他们，已经成了学校墙外的一道风景。经常有学生在作文中写道：推轮椅的姐姐长得真好看，她真是个孝敬的好姐姐……多数学生都认为那男人是她的父亲。

这天中午，因为急着去学校补一个材料，我比平时早了一个小时去上班。自行车拐到那条寂静的林荫小道上时，温暖的阳光透过法桐宽大碧绿的叶子，斑斑点点地洒在树下的柏油马路上，鸟儿活泼的叫声，像一首优美的轻音乐流淌在小路的上空。我索性下了车，惬意地享受着这难得的美妙时光。

远远的，忽然看见那女孩推着男人越走越近，我正诧异在这个本该是午休的时间，他们为何会出来散步时，

回家的路

却突然听见那男的大声呵斥女孩：赶紧给我滚，永远别回来，看见你，我就心烦……

我本想回避，却已来不及，只得迎面走过去，看见那女孩满含泪水，不时停下来用手帕帮那男的擦拭脸上的汗水，轮椅的手柄处挂着一个沉沉的旅行包。我清楚地听到那女的小声说："我爱你，我想照顾你一辈子……"

那男人怎么会对女孩这么凶？我一边想，一边急匆匆地赶到学校写材料。

办公室的同事陆陆续续地都来了，我忽然想起小道上的那两个人，站在窗前伸长脖子张望，却只看到轮椅上的男人孤零零地坐在树下，旁边已没有了女孩的影子……

同事看我站在窗前落寞的样子，问我出什么事了，我苦笑了一下，和她说起中午在小道上遇见的事情。

不料同事听完诧异地说：他俩的故事，你还没听说？小城都传遍了。

我心中一紧，摇摇头，用疑惑的目光看着同事。

原来那男的以前是南方一家珠宝店的老板，一直没结婚，而那女孩大学毕业后就在男人的珠宝店打工。时间长了，男人渐渐对女孩有了好感，不料，没等那男人对女孩表白，女孩却因盗窃了店里的珠宝，被男人发现了。

同事说到这里，深深地叹了口气。

我正兀自惊讶时，同事又接着说道："男人觉得自己看错了人，心里很痛苦，考虑再三，觉得只有让女孩接受法律的制裁，才能让她悔改，就决定开车把她送到派出所。

那后来呢？我急不可待地问道，女孩和男人怎么会出现在这里？

第一辑　无比感动

同事没有急着回答我,而是站起身和我一样站在窗前,看着那个男人说:"在去派出所的路上,女孩想打开车门跳车,他一时惊慌,方向失控冲上了迎面开来的一辆大货车,在这危急时刻,男人为了保护坐在副驾驶上的女孩,把方向打到了自己这边,结果因脑部受创而瘫痪了……后来男人出院后就回了老家,结果,没几天女孩就找来了,非要照顾他一辈子,男人却始终不同意,一直在赶她走。

其实女孩之所以想跳车,是因为想去医院看她妈妈最后一眼,因为当时她妈妈已经快不行了,她偷珠宝也是想让她妈妈能多活几天。可是,男人并不知道这些。

我心情沉重地听完同事的话,抬头望着坐在轮椅上的那个坚毅的背影,心中的感慨跌宕起伏。我终于明白,男人之所以要让女孩走,从根本上来说,是因为他是爱她的,他不想拖累她。

我多么希望有一天,推开窗子,又能看到他俩相依相伴的影子呀!

让你看到我很好

善良的芳知道玲是个心灵很脆弱的人,怕她看到自己的模样后会崩溃,所以,在玲进门后,才会打起精神,让玲看到自己已经快要痊愈的样子……玲后来知道真相以后,忍不住落下泪来……

自从知道闺密芳得了绝症,玲就几乎吃不下一顿饭。

回家的路

　　好端端的一个人，怎么转眼就得离开这个世界，玲突然感觉生命是那样的脆弱。

　　从小时候开始，她们就是最好的朋友。大学毕业后，虽说漂到了不同的城市，见面的机会少了许多，但两人心灵间的交流却从未间断过。几十年的友情，丝丝缕缕在心中缠绕着，转眼却要失去，她感觉那样痛苦，那样难以割舍。

　　玲知道自己是个脆弱的人，要是看到芳憔悴的样子，她一定会禁不住当场落泪。可是这么好的一个朋友，不去见她最后一面，又怎么舍得？在经过几天的纠结之后，玲还是决定去看她，不过，她自己暗下决心，一定要坚强，不管看到芳是什么样子。这天，她提着大包小包来到了医院。

　　病魔已把昔日鲜亮的芳折磨成什么样子？骨瘦如柴，昏迷不醒，还是……玲站在病房前猜测着，徘徊着，举起手，想敲门，却一次次放下，心中的纠结与难过让她进退两难。直到护士拿着病历夹过来，疑惑地望着她，玲才有些慌张地随护士走进了病房。

　　刚进门，玲就看到了芳那张灿烂的笑脸，脸虽有点苍白，可是精神十足，玲悬着的心顿时落下了。同时，大颗的泪珠也无法抑制地涌了出来。玲赶忙扭过头，快速擦了擦眼泪。

　　本来就不善言辞的玲，一时不知该说些什么才好，倒是芳依旧快言快语，面带笑容侃侃而谈，从两人的童年一直说到中年。

　　芳的脸因为开心而渐渐红润起来，她那爽朗的笑声就连外面走廊上的人都能听到。就这样，俩人不知疲倦地聊着，不知不觉到了玲该赶车回去的时间。

> 第一辑　无比感动

　　走出病房门口，玲没敢再回头，她怕自己的泪水会再一次滂沱而出。走出好远，玲还听到芳大声叮嘱自己，路上注意安全，以后要坚强。

　　离开医院，玲沉重的心情轻松了许多，毕竟芳还没到病入膏肓的程度。再说，只要心态好，就有战胜病魔的希望。

　　一周后的一天，玲突然接到了芳的老公打来的电话，玲急忙问芳的情况，他用嘶哑的声音说芳已经去世好几天了。

　　玲的脑袋顿时一片空白，急忙追问，我们见面时，她不还是好好的吗？

　　芳的老公说，那天你离开没多久，她就昏迷了，接着病情严重恶化。芳临去世时还说，知道你心理脆弱，怕你看到她憔悴的样子会难过，就忍着痛苦，强打精神，给你留下一个还算健康的假象。

人在，信义在

　　他一直坚持欠账还钱的原则，并没有因为那些人家不要欠款了而对自己有丝毫松懈，他还是坚持辛苦工作，还是坚持把每一分钱都攒着，他说做人一定要讲信义。

　　崎岖的山路上，夕阳斜照，王大爷拉着马车正往家里赶。离家还有三十多里路，如果不抓紧的话，天黑之前怕是回不了家。

　　家里聋哑的老太婆估计还等米下锅，今天收入少，

回家的路

只买了几个山芋……想到这里，王大爷回头看了一下木板车上面放着的山芋袋子，用马鞭在空中抽了一下，又急着往前赶去……

到家的时候，果然看见老太婆正站在门口张望，花白的头发在风中飞舞，苍老的身躯佝偻向前，脸上是焦急的表情，王大爷看到后，心中不禁一酸，说不出话来。

自从儿子走后，本来聋哑的老太婆更是显得有些痴呆，但是看见王大爷回来，她还是惊喜地往前走了几步，接过王大爷手中的山芋，呀呀地不知说了些什么。

儿子的遗像就挂在堂屋的墙上，每次回来看到照片中儿子的笑脸，王大爷心中总会悄悄疼一下，这好几十年过去了，当年儿子出车祸后留下的债务已经还得差不多了，这让王大爷心中轻松了不少。

儿子当年做生意借了很多钱，本想等挣了钱马上就能还上这些债务，没想到一场车祸夺去了儿子的生命，留下一笔巨额债务。

债主上门的时候，王大爷认认真真记下他们的名字和欠的钱数，他对大家说，只要我在，钱就会还上，只是希望大家给他些时间。债主们看到王老汉家徒四壁的家，还有两个风烛残年的老人，都摇摇头走了。在他们心中，这笔钱就只当丢了一样。

没想到王大爷却把这些债务看作是有生之年最大的事情来做，他开始出去干一些小生意，还兼带着为村里打扫卫生挣一些钱，他把这些钱一分一分的攒着，自己和老太婆吃饭凑合一顿是一顿，村里的邻居看不下去他们这么艰辛的生活，有时会给两个老人割些肉送去，但是总会遭到老人的拒绝。

后来村里商量，让王大爷负责村里的粮油收购，而

第一辑　无比感动

且自己村里的活干完了，还可以去外村收购，这样一天下来，挣的钱还多一些。另外村委还处处找一些理由给他们家一些补助，加上朋友邻居的照顾，生意总算还好，生活也算过得下去。

王大爷把攒的钱每家都还一点，然后一个劲地解释，余下的会尽快还上，让他们千万不要着急。那些人家看到王大爷苍老的身体一天比一天虚弱，都感觉有些不忍心。后来他们陆续找到王大爷说，余下的欠款就不要了，希望王大爷保重身体。

王大爷倔强，他一直坚持欠账还钱的原则，并没有因为那些人家不要欠款了而对自己有丝毫松懈，他还是坚持辛苦工作，还是坚持把每一分钱都攒着，还是坚持和老伴喝白开水吃咸菜啃煎饼。他说做人一定要讲信义。

王大爷一直感恩，那么多人照顾他们的处境，在生活上，工作上，这让他感到非常知足，生活也许就是这样子的吧，困难来了，我们坚持下去，就会领悟更多的意义，就会知道风雨过去，彩虹绚丽的美好。

有人问王大爷："以后还接着还债吗？"王大爷坚定地点点头，"只要我活着，就会坚持把债务还完……"

夕阳西下的小院外面，王大爷外出还没回家，老大娘站在院墙外执着地看着王大爷来时的路，眼神里有期盼，也有坚定……

回家的路

第二辑　无限感恩

有一种幸福叫守候，有一种选择叫放弃，有一种心态叫包容，有一种快乐叫简单，有一种美德叫微笑，有一种美丽叫自信，有一种感动叫分享，有一种温暖叫感恩。你若爱，生活哪里都可爱。你若恨，生活哪里都可恨。你若感恩，处处可感恩。学会感恩，犹如用放大镜去看他人的优点，赞扬和肯定他人；学会感恩，犹如感情的画笔，填充生命的空白。

水上的期盼

阿朗最初因为自己的家不像同学们的家那样是住在岸上的房子里的，而感到难过，他不敢邀请同学们去他家玩，性格也慢慢起了变化，后来，他终于也能住进大房子里，是什么原因呢？

第二辑　无限感恩

阿朗是从海边来的孩子。他的脸是黝黑中泛着红色的那种被太阳炙晒的颜色，和我们这些白净的人相比多了几分成熟。

我们是从五湖四海凑到这个学校的，最初的新鲜感还没散尽。特别是阿朗，更是让我们感觉神秘的不得了。他的装扮，他身上湿湿的味道，还有他沉默的表情，总是惹得我们忍不住往他跟前凑。

阿朗感受到了我们的亲近，他很热情地和我们讲述他家乡的情况。阿朗说，他是没有家的，他在渔船上出生，也是在渔船上长大，他童年的所有记忆就是游泳、捉鱼，然后跟着爸妈在沙滩上晒补渔网。阿朗不知道玩具飞机、赛车以及别的我们小时候玩过的游戏。

阿朗的讲述把我们带到一个新奇的世界里。阿朗说，因为海上的渔船不靠岸的时候，都相隔很远，即便是别的渔船上有孩子，他们也是没法在一起玩的，所以，从小阿朗就学会了独处。

后来，阿朗到了上学的年纪后，才被父母送到岸边的姥姥家读书，这以后，只能在假期才能去找爸妈，时间长了，阿朗开始想念父母和大海，也想念那些在水里度过的日子。

阿朗也从我们身上看到了以前没看过的东西，学到了以前不知道的事情，当他知道，我们的家不但有独立的卫生间、厨房，有专门睡觉的卧室，还有专门学习的书房时，沉默很久，眼神中流露出深深的失落和羡慕。

原来阿朗在船上生活的时候，吃饭睡觉都是在窄小的船舱里，后来住到姥姥家里时，他们家在岸边也只有一座低矮的石头房子，那时候，周边的渔民都住这样的地方，没有比较，阿朗也觉得没有什么……

29

回家的路

可是现在，从我们的口中知道这么多他以前没听过和见过的事情，让阿朗骤然觉得原来生活中还有那么多的精彩……

阿朗开始憧憬那种全家住一个大房子的情景，那也许才是真正的家吧……

阿朗给母亲写信时，流露出这种想法，他说，妈妈，我要好好上学，等我长大了，挣很多钱回来给你们盖一间大房子……他说，妈妈，你知道吗？住那样的大房子冬天再也不冷了……阿朗想到冬天的船上那么冷，妈妈的手生了那么多冻疮，还因为常年住在潮湿的地方，全身关节都发生病变，有些已经发生畸形……阿朗想到这里，眼泪早已经布满了脸颊……

这以后，同学们都互相邀请朋友到家里玩，可是，阿朗从没有邀请过任何人。但是我们依旧喜欢他。喜欢他朴实坚强的性格，喜欢他骨子里流露出的不服输的倔强和一份暖暖的善良……

假期归来，阿朗的性格突然发生了变化。他大声地笑，开心地和每一个同学打招呼，玩耍……我们凑上前去问阿朗到底有什么喜事，阿朗犹豫半天，脸却突然红了，我们一起起哄，跟在他屁股后面追问他……

后来，他终于大声说，以后，我要邀请你们到我家里玩，因为我们家就快要住上大房子了……

话没说完，他竟然又哭了起来。在我们好奇的询问下，他终于说出了真相。

原来，国家农业部刚刚发了通知，准备施行一个"以船为家渔民上岸安居工程"，以后只要渔民上岸盖房子安家落户，中央对这些渔民都会给予补助，也就是国家帮渔民盖房子，支持他们到岸上来生活……

▶ 第二辑　无限感恩

阿朗高兴地说，我们那边接到这个通知后，已经开始动工了，所以我们马上就可以住到大房子里去了，这是多么开心的事啊……

以后你们也可以到我家里去做客了……说完这些，阿朗过来和我们紧紧地拥在了一起。

泪花在我们大家的眼睛里闪烁，心中却涌出了对国家深深的感恩之情……

团　聚

媳妇，我今天就是为这件事情高兴的，你知道吗？国家已经出政策了，以后农民工的孩子都可以在城里的子弟小学读书，各个城市的子弟小学都已经建起来了，我们马上就可以和儿子团聚了……

天要下雨了，乌云黑压压地铺在了头顶的上空，让玉秀感觉有些喘不上气来。

玉秀有些担心，她是最怕下雨天的，因为老家地处山岭，一到下雨的天气，路面泥泞难走，崎岖不堪……她担心孩子在上学的路上会有什么危险。

玉秀干活时有些心不在焉。外面的雨越下越大，如注的雨水像是从天上倒下来一般，没有停歇。玉秀望着窗外开始发呆……

当初自己随丈夫出来打工的时候，其实是舍不得孩子留在家里让爷爷奶奶照顾的，可是孩子已经到了上学的年龄，而丈夫说，城里的学校都是拿着户口本报名上

回家的路

学的，而我们的户口没有在城里，所以，没法给孩子报名……玉秀为了不耽误孩子上学，只好把他留给爷爷奶奶，自己和丈夫来到了城里。

来到城里以后，才知道城里有这么多人啊，为了节省开支，玉秀和丈夫租了一间地下室，地下室里面阴冷潮湿，俩人搭了几块木板当床，剩下的地方，连转身都很困难……玉秀没有嫌弃这些，她的心里只想着好好工作，挣了钱给孩子攒着，长大了给他上大学用。

丈夫在一家建筑工地干活，工作虽然累点，可是收入还行，比一些在单位上班的工人收入还高呢，想到这些，玉秀感到很欣慰。玉秀在一家洗车行工作，工资虽然比丈夫低一些，可是一个月下来，除了两人的开支，自己的工资竟然还有剩余，这已经让玉秀很知足了。自己出来挣一些贴补家用，丈夫的工资就可以全部攒起来，不用动了……

闲暇时间，玉秀的心思全部都在老家的儿子身上。儿子很懂事，当初自己和他爸爸出来的时候，他不哭也不闹，就是在看见爸爸妈妈坐的客车要开的时候，突然跑上前去问妈妈："妈妈，你走了以后是不是会想我？"

玉秀那一刻泪如泉涌，以后每每想起这句话都会忍不住流泪，那种思念的痛啊，一般人怎么体会得到。

玉秀还想起自己在家的时候，下地回到家中，儿子总会给她倒一杯茶端到跟前，然后叽叽喳喳地说个不停，逗得玉秀哈哈笑着，身上的疲劳也跑的没有踪影了……

可是什么时候才能再见到儿子呢？离过年还早，而每年只有过春节的时候，自己才能回去和他们团聚……玉秀不禁又一次伤感起来。

丈夫下班回来的时候，玉秀正在做饭，因为心情不

第二辑　无限感恩

好，也不想和丈夫说话，可是丈夫一进门却一反常态无比兴奋。他高声喊着："老婆，今天有喜事，多炒几个菜，我要喝两杯……"玉秀不满地看了他一眼，没有回话。

丈夫看出玉秀不高兴的样子，赶忙凑到跟前问："怎么了，媳妇，今天可是个好日子呢，你怎么不高兴？"玉秀听丈夫这么说，眼泪突然流了出来，她小声哽咽道："我现在除了能见到儿子，再也没什么可高兴的事了……"

丈夫明白玉秀的心思后，不禁哈哈大笑起来。他在屋子里转了一圈，拍着巴掌说："媳妇，我今天就是为这件事情高兴的，你知道吗？国家已经出政策了，以后农民工的孩子都可以在城里的子弟小学读书，各个城市的子弟小学都已经建起来了，我们马上就可以和儿子团聚了……"

玉秀愣了愣，继而惊讶地问丈夫："真的吗？你不是骗我吧？真有这样的事？"丈夫开心地拍了拍玉秀说："是的，都是真的，这是今天开会领导和我说的，让我准备一下，回家接孩子去……""还有……"丈夫又接着吩咐玉秀："我们得赶紧租一个大的房子去住，这段时间我们也攒了不少钱了，儿子来了，我们不能再住在这么狭小的地方，得给他一个好的学习环境呢！"

玉秀一迭声地答应着，她今晚要好好地多炒几个菜，和丈夫庆祝一下，然后准备回去接孩子去。

窗外的夜晚多美啊，玉秀仿佛看到一家人其乐融融的在温暖的灯光下吃饭的情景……

搬　家

　　三婶当初带着孩子离开，或许真的是迫不得已，还好，现在可以住到大房子里去了，三叔可以把三婶接回来了，一家人又可以团聚了。相信三叔一家的日子以后会越过越红火的……

　　三叔抬头看一下阴沉沉的天空，不由得叹了一口气。
　　那黑压压的乌云低沉得很，三叔不敢起身，他怕自己站起身就会把乌云碰出水来。而这是让三叔感到最害怕的事情。
　　三叔前几年因为在工地出了事故，所以一条腿残疾了，这以后，三婶就带着孩子离开他，去了外地打工，再也没有回来。
　　三叔家的房子还是以前老人住的老房子，半瓦半茅草的那种，因为年代久远，墙皮斑驳，屋顶的茅草也因为风雨天长日久的侵袭，腐烂了多半，所以，每到下雨天，外面下大雨，屋内就下小雨，境况不是一般的凄凉。
　　三叔不是我的亲叔，他只是在村里的本家排行老三，所以，我们这些小辈都喊他三叔。三叔平时因为身体的缘故，没法出去干活，所以就在家里编柳条筐卖些小钱。筐子是用那种细细的柳条打磨光滑了，然后编制而成的。
　　我们这边河流沟崖很多，那里有成片的柳树茂盛地生长，所以，这种原材料是不缺的。只是，三叔腿不好没法自己去割，所以都是乡亲们帮他割回来放在院子里的角落，供三叔用。

第二辑　无限感恩

乡亲们也想帮三叔翻盖一下房屋，只是三叔不同意，他说，我平时已经够麻烦乡亲们了，所以他想等自己攒够了钱找人翻盖。乡亲们看见三叔这么倔强，也就不勉强他了，只是以后更加尽力地帮他去割柳条供他编筐子用。

这个夏季多雨。三叔很是担心这房子撑不过夏天。他记起以前三婶没领孩子走的时候，整天和他唠叨，什么时候才能住上明亮的大瓦房啊，三叔想到这里感觉有些心酸，那时候连吃饱饭都有困难，哪有钱盖大瓦房啊……这让三叔感觉对不起三婶……

其实三叔很理解三婶当初带孩子走，他知道三婶也是迫不得已。三婶说，我出去干活，或许挣钱还多一些，到时候攒够了钱，我就回来翻盖房子……

阴雨天一天连着一天。这个凉爽的早上，三叔正在整理他编的那些筐子，村主任突然推门进来，他高兴地朝三叔喊道，好消息，好消息，政府出新政策了……三叔愣愣地看着他，不知所措。

主任看见三叔不吭声，弯下腰背着三叔就往大队部跑。原来上面来了人，正在统计村里的危房，这是国家刚出台的惠民政策，只要符合危房标准，国家就帮助翻盖新房子……村主任第一个想到的就是三叔，所以就急吼吼地就把三叔给找来了……

三叔弄明白事情的真相后，坐在那里半天都没有说话。主任问他怎么了，三叔张了张嘴想说什么，结果一句话没说出来，眼里突然就溢满了泪水……

上面派来的建筑队如期开工。三叔暂时住到了大队部。他每天都会找人把他背到工地上坐一会，眼看着房子越盖越高，三叔心里像喝了蜜一样甜。

回家的路

三叔找人写信给三婶和孩子。他说，现在的政策越来越好了，我们的生活有盼头了，房子也快盖好了，赶紧带着孩子回来吧，我们一家重新开始幸福地生活……

瓦蓝的天空上面，有云朵飘过，三叔惬意地望着，看着，微笑不知不觉又浮上了脸庞……我们知道，三叔是真的感受到了生活的美好和幸福……

帮　扶

"李俊说，不要感谢我，这不是我的功劳，要感谢就感谢国家吧，如果不是因为国家有这么好的政策，我就是有再大的能力，也不会做得这么好……"但是，如果没有李俊的尽职尽责，相信事情也不会解决的这么快……

李俊被分到山冈村实行帮扶的时候，众人都为他捏了一把汗，不说李俊刚刚大学毕业进机关没几年，性格还未磨炼成熟，单单说那山冈村的偏僻贫穷，就不是一般人能够对付得了的。

自从县里决定实行"双包双联"制度，每个机关干部都下乡进村联系帮扶对象。李俊因为年轻，体力还算好，就被分到了最偏僻的山冈村。

李俊看到同事们纷纷对他摇头的样子，心里多少也有些打退堂鼓。但是，上学时那股子不服输的劲头此时却突然冒了出来："我就不信山冈村的工作会那么难干……"李俊当天就搬了行李赶到了山冈村，住了下来。

山村的夜晚静谧安逸，连虫子的叫声都是那么动听。

第二辑　无限感恩

李俊一夜无梦，早上起床感到神清气爽。

吃过早饭，李俊没顾上多看一眼美丽的山景，就急急地赶到了村里的五保户孙大妈家。昨天刚进村的时候，村主任就和自己说了孙大妈家的情况，家里就她和上小学的孙女相依为命，身体常年多病，因为没有劳动力帮衬，家徒四壁，经济异常困难，但是这么艰难的境况，却一直都没吃上低保……李俊听完支书的话，今早决定亲自去王大妈家看看。

王大妈家住在村西两间低矮的茅草屋里。李俊推门进去的时候，王大妈正弓着身子低头烧火，屋里浓烟翻滚，一股子呛鼻子的烟火味向李俊脸上扑来，他用手扇了扇，但还是被烟呛得连声咳嗽……

王大妈看见有人来，急忙站起身，因为起得有些急，年迈的身子晃了几晃，差点摔倒，李俊顾不上别的，紧走几步，过去扶住了王大妈……

李俊说明来意，王大妈犹豫半天，脸上却是半信半疑的样子，她说，我这情况有些特殊，低保一直吃不上就是因为我的户口本上写着"退休教师"的缘故。李俊有些诧异，怎么会有这种情况？既然是退休教师，为什么没有工资呢？

原来王大妈以前不是本地人。她祖籍在河南，那年她改嫁过来，娘家哥哥给她往这里迁户口的时候，为了面子，就在户口本上给她填写了教师两个字，后来一错再错，到了最后，本地的派出所里一直也是延续了这个登记……所以，现在王大妈才会是这个情况……

李俊听了王大妈的叙述，骤然明白了为什么王大妈一直吃不上低保的原因，按这个情况，王大妈的事情报到上面，只能给退回来，因为国家没有这个政策……

37

回家的路

　　李俊当天就赶到了县里，在听取了领导的意见和支持后，又马不停蹄去了河南，找到当地的民政部门说明情况，费了九牛二虎之力，终于帮王大妈改了过来……

　　王大妈下一个月就领到了低保救助金，而且李俊又给小孙女联系上了幼儿园，学费村里一切都给予了减免，李军还亲自找到村主任，帮王大妈家修缮了房屋，接着又拿出了自己的工资给王大妈买了两头小猪崽……

　　李俊去山冈村的第一件事就做得这么有力度，这让乡亲们瞬间改变了对干部的看法，李俊对大家说，现在国家的政策一天比一天好，政府正在努力提高农民的生活水平，我们是不是应该趁着这个大好的机遇，好好干一场呢？

　　李俊说到做到，自从扎根山冈村的那一天起，就担负起了帮山冈村发家致富，改变贫穷落后面貌的重任。

　　一段时间过去，在李俊和乡亲们的共同努力下，山冈村已经发生了翻天覆地的变化……当乡亲们要好好感谢一下李俊的时候，李俊在村子蹲点的时间也已经快到了，大家自发来到李俊的宿舍旁，却见李俊留了一封信，原来他已经提前回到了县城。

　　李俊说，不要感谢我，这不是我的功劳，要感谢就感谢国家吧，如果不是因为国家有这么好的政策，我就是有再大的能力，也不会做得这么好……

王大爷笑了

　　王大爷拉着老伴的手，眼泪又一次夺眶而出，他哽咽着说："都是国家的政策好啊，老伴的命是国家的好

第二辑　无限感恩

政策救的……"因为国家政策好，王大娘的病有救了，王大爷终于笑了。

　　王大爷是村里的五保户，无儿无女，自从老伴几年前得了病，王大爷就几乎再也没有笑过。

　　王大爷年轻时因为家里穷一直没娶上媳妇，眼看快四十了，别人给介绍了一个寡妇。寡妇嫁过来虽然没给王大爷生个孩子，可是王大爷却待寡妇极好，俩人在一起生活了十几年，连脸都没有红过。

　　王大爷说，我这么穷，人家不嫌弃，还来和我搭伴过日子，我应该好好待人家。王大爷这么说的，也是这么做的，在他心里，这个来和自己过日子的女人是他的世界中最重要的人。

　　可惜俩人的好日子刚刚过了几年，老伴突然病了，而且还不是一般的病。开始的时候，因为没钱去医院，就在村子里的卫生室治疗，可是病情却越来越重，王大爷脸上的表情也是越来越凝重，更是很少见脸上能露点笑容。

　　这次，村里的医生说，赶紧去大医院看看吧，村里的条件实在太差，王大爷赶紧点点头，他也不想再拖下去了，怕老伴真的会有什么不测，到时就后悔莫及了。

　　当医院的大夫和王大爷说，这种病是一种慢性病，需要长时间住院时，王大爷一屁股坐在地上没有起来，"需要长时间住院……"王大爷喃喃道，家里平常维持日常生活开支都很困难，如果住院的话，去哪里凑这么多钱啊！王大爷感觉自己的心一下沉入了冰窟……

　　他没敢和老伴说这些事，强装欢颜陪在老伴身边，一边照顾她，一边想办法……

回家的路

王大爷想起小时候，自己刚刚懂事，母亲也是突然得了病，那时候日子过得真是苦啊，买包盐都是用土豆去换，只有过节过年的时候才能吃上一顿水饺，平时吃饭就是一锅粥，连个肉片都看不到，更别说有钱去医院看病了。

父亲把母亲从镇上拉回来的时候，王大爷天天偷偷地哭，他多想自己有能力把母亲从死亡线上拉回来啊……那时候他拼命地去山上挖药草，赤脚医生只要给他出了方子，他就不停歇地去挖，有时候，岩石太陡，他攀爬的时候，会不小心摔到沟里，可是，他歇口气，又会重新爬上去……再大的困难也阻挡不住当时他救母亲的心情……可是最终，母亲还是因为病重，永远地离开了他们……

王大爷想到这里，又看看躺在病床上的老伴，不禁泪如雨下，难道自己真的要眼睁睁地看着亲人们一个个地离开自己而束手无措吗？

医生进来的时候，王大爷赶紧擦掉了流出来的浑浊的眼泪。医生握了一下王大爷的手高兴地说，大爷，不用愁了，国家刚刚出台了新的医疗政策，像大娘这样的病，国家基本都能给予报销……你赶紧随我去办理相关手续吧……

王大爷像是愣了一般，站在那里没有动，他以为医生是在和他开玩笑……同屋的病人看见王大爷这个样子，都一起催他："赶紧去啊，医生刚才的话，你没有听见吗？赶紧追去啊，医生都走远了……这下好了，你老伴有救了……"

大家你一言，我一语开始向老两口祝贺。

王大爷追上走远的医生，紧紧抓住医生的手，嘴唇

第二辑　无限感恩

颤抖着，却不知该说些什么才好。医生拍拍他的手说："放心吧，我们一定好好给大娘治疗，相信马上就会好起来的……"

老伴如期做了手术，身体一天比一天好了起来，同屋的病友都为老两口感到高兴，纷纷来到床前祝贺。王大爷拉着老伴的手，眼泪又一次夺眶而出，他哽咽着说："都是国家的政策好啊，老伴的命是国家的好政策救的……"

窗外阳光明媚，王大爷的笑容是那么知足和开心……

用心感恩

世间自有真情在，梁子交了辞职信的当天出了车祸，换了谁也会觉得公司再也不会管了，所以梁子才会那么绝望。当他抱着试试的态度给公司打电话时，公司是什么反应呢？以后又是怎么做的呢？

梁子出车祸的时候，下午刚刚向公司递交了辞职信，他是打算从明天开始就不回来上班了。单位效益一直不好，工资低而且常常加班，这也是妻子和他离婚的原因。

女儿幼小，母亲日渐年迈，梁子觉得自己不能再在这家厂子干下去了，没想到下了班，回家的路上竟然出了车祸。

肇事车辆在把梁子撞飞后，快速逃跑。

梁子醒来后，发觉自己躺在路边的水沟里，左腿传

回家的路

来一阵阵刺骨的疼痛。他愣了半天终于想起他这是出了车祸。

已是深秋，夜晚的气候格外冷。梁子冷静下来后，开始想办法自救。可是水沟太深，离路面有一定的距离，他微弱的呼救声都被路上那些疾驶而过的车辆的轰轰声给掩盖了。况且天气凉，路上行人很少，等了半天也没人发现他。

时间飞快过去，梁子不禁感到有些沮丧。

他摸了一把口袋，意外发现手机竟然还在，这让他高兴之余不免又有些失落。手机里面除了年迈母亲和公司的电话，别的就再没有任何号码了，自己平时只顾着上班，很少有朋友联系，所以也没记存别人的号码。

梁子感到自己的体力越来越不支，他纠结着该不该给公司打电话，因为自己下午刚刚辞职，虽然公司还没批准，可是，他感觉自己已不是公司的人了。

他的眼前此时又浮现出老母亲期盼等候的目光，还有女儿甜甜的笑容，不行，他不能再等下去，再等下去不但受伤的腿难保，就怕时间长了，连命都不保了。

他犹豫着把电话打到了公司，没想到挂了电话，公司的人十多分钟就赶到了他出事的地方，同时他们呼叫的救护车也赶到了，大家齐心协力把他抬上救护车，一路往医院赶去。

公司的人帮他把医药费交上后，医生也争分夺秒给他做了手术，还好手术很成功，医生说不会落下残疾，只是后期的康复治疗还需要一笔费用，这些话让梁子刚刚平复的心情又紧张了起来。

还没等伤口拆完线。梁子就急不可待地出了院，虽然公司帮他缴了医药费，可是他想到将来还需要那么多

第二辑　无限感恩

钱治疗，就打了退堂鼓，还是回家慢慢养着吧，他这样和医院的大夫说。

不料公司的人在他回家后的第二天就带着公司为他募捐的医疗费赶到了他家，不由分说地又把他抬上车送到了医院。

原来公司在了解了他的实际情况后，考虑到公司也有很多困难，就号召公司全体工作人员给他举办了这场募捐，募捐的钱款用于他以后的康复治疗。

梁子看着面前的捐款，心中五味杂陈，感激、激动、兴奋、愧疚、感恩……各种感觉塞满了他的胸膛，泪水也不知不觉溢满了眼眶。

他没想到公司会对他这么好，明知道他辞职了，还这样尽心尽力地帮他。看着公司人员忙前忙后的身影和真诚的笑脸，他突然知道该怎么做了。

从这以后，他努力配合医生的治疗，克服许多疼痛和困难，终于比别人更早地康复了。

出院那天，他没有回家，而是直接回了公司。

他问公司领导："我能把我的辞职报告书要回来吗？因为我还想接着干下去，不想辞职了……"

公司领导笑了，说："当然可以……"

从这以后，他更加勤奋努力，把公司当成了自己的家，有时为了工作，通宵达旦加班，业务能力自然也上了一个层次。随着公司的逐步扩大，他的能力也越来越得到肯定，终于在公司又一个开门红之际，他被提拔为公司的高层，实现了自己的人身价值。

感恩生活，这是梁子常挂在嘴边的一句话。

回家的路

感恩父亲

　　一直都觉得父亲不疼爱自己，专制而严厉，所以平时离父亲远远的，很少亲近，可是后来随着自己的长大，父亲的慢慢变老，才知道父亲原来那么关心和疼爱自己，父爱是伟大的……

　　突然感觉父亲老了，而在我心目中，父亲是一直都不会老的。

　　父亲平时不拘言笑，因为他的严肃我们姐弟两人从小和他就少有亲近。记忆中，他很少对我们笑过，平时看见他，我们都会尽量躲开，因为实在惧怕了他无端的严厉和苛刻的要求。

　　父亲是村里的赤脚医生，那时，因为缺医少药，乡村医生多数都是卫生部门从村子里选拔的一些有学历、有文化的青年培训后上岗的，他们一边行医，一边种地，赤脚医生的称谓就是这么来的。

　　我父亲当时是村里的民办老师，大队书记说，我父亲有文化也年轻，是去参加赤脚医生培训的合适人选，所以，父亲就从三尺讲台上走了下来，参加培训后，成了村里唯一的赤脚医生。

　　父亲头脑灵活，记忆力强，书橱里珍藏的那一摞摞古老的医书，他都能乱熟于心。而这些珍贵的医书也是他的命根子，那些稍碰即破薄如蝉翼的纸张，在他眼里比金子还要贵重。他是不允许我们乱碰的，我们想阅读，必须征得他的同意，每次他都再三叮嘱我们一定要爱惜。

第二辑　无限感恩

在他专制般的要求下，我们姐弟都继承父业学了医。外地求学回来，各自开了店。其实，内心中，我是非常不喜欢做这一行的，从小耳濡目染，我早已烦透了每天都生活在沉重痛苦的氛围里。可是，为了让他高兴，我还是刻苦学习，我只有用自己优异的成绩才能取悦他，才能换得他对我的笑容。

记忆中，一直都是他忙碌的身影在我眼前晃，他很少和我说话，也很少关心我的学习和生活。记得我考上高中的时候，开学第一天，他去送我，一路什么嘱咐的话都没说，到学校后，半天找不到他的影子。后来，他拿着一叠开水票给我送来，原来他去帮我排队领开水票了。他就是这样，对子女很吝啬话语，从来都是用行动代替语言。

这么多年，一直都感觉离他很遥远，直到我和弟弟相继结婚离开家。偶尔回去，从母亲的口中得知，他退休后越来越盼着我们回去。有时，我们因为忙没回家，他就会打电话询问，只是，那语气再也没有了以前的严厉。

不知道从什么时候，他好像已经越来越亲近我们。

这个春节，因为孩子小，老家又没有暖气，我们打算晚上赶回城里住，我刚表示出有这个意思，他就生气了，大声地说，你才去城里住了几天？就回来嫌弃这嫌弃那……话没说完，就抱着外孙女出门了。

母亲说，他好容易把你们盼回来，你们又急着走，也怨不得他生气……母亲的话让我心头一颤，原来他生气的原因是他和我们还没有亲热够，嫌我们不多住几天。一刹那间，我不再因为刚才挨训而感到沮丧，脑子里那个严肃、不近人情的父亲突然变得可爱起来。

晚上，一家人其乐融融地坐在一起。父亲异常兴奋，

回家的路

左手抱着孙子，右手抱着外孙女，看看这个，望望那个，脸上堆满了笑容。两个孩子用小手揉着他已经花白的头发，咯咯地笑着，我看着看着眼里突然滚出了泪水，心中暗暗有些嫉妒，什么时候他和我们这么亲近过？

他越来越依赖我们，过完假期回来，他已经打了无数个电话。很多时候，电话接通，他并没有什么事要说，只是询问外孙女的情况，知道他的外孙女去了学校，他会有几秒钟的沉默。我在电话这边深切地感受到他内心的失落，于是我会忍不住说，过几天我们会带孩子回去的。

放下电话，我知道，他真的老了。

我知道我一直都在为父亲对我的冷淡而耿耿于怀，他这样对我，是因为不喜欢我，还是另有原因？我一直都在努力做他心目中最优秀的女儿，可是，他却从未给我一个拥抱，甚至连一句鼓励的话都没有。

那个下午，我正在店里忙，突然看见父亲背着大包小包的来了，没顾上歇口气，他就忙着去柜台后面给我订那个快倒塌的药柜。忙碌一会，他擦把额头的汗说，记得上次你说过这个柜子坏了，知道你们顾不上弄，今天有空，我就来了……

回过头去，我悄悄擦掉脸上的泪水，这一刻，心中所有的前嫌都已冰释，我终于明白父亲严厉背后的深沉的爱……

感恩的路

父亲早年因为道路不好走，耽误了救治时间，母亲也因为道路不好走，很少能出趟门，所以修路成了杨军的一个心愿。以后的日子里，他努力工作，不忘初衷，终于圆了修路的梦……

三月的天气，春暖花开，阳光明媚。

杨军要回老家修路的消息，像是长了翅膀一样飞到了村里。

众人涌到村口，等着杨军从省城回来。泥泞的小道上，一步是一个坑，每个人的鞋上都沾满了稠的泥巴，前几天刚刚下过一场春雨，小路更是泥泞得厉害。

杨军早早地来了，当他步行来到村子边，看到小道的尽头，父老乡亲们已经站了两排，眼巴巴地等着他回来，他的眼泪突然就控制不住地流了出来。

当年他中学没毕业就辍学离家外出闯荡。走的那天早上，小雨淅沥，他背着一床被子，脱了鞋，一步三晃地艰难地往前挪步，小路是真的难走啊，泥水摔在腿上，身上，还有背上的行李上，后来杨军感到脸上都湿湿的，他腾不出手去试一下，不知道是汗水还是泪水，或者是泥水。路的那一头，拄着拐杖的老母亲还在担心地叮嘱自己早日回来……那一刻，他就下定决心，将来荣归故里，一定要修一条宽阔的柏油马路，让父老乡亲彻底摆脱这条路的折磨。

杨军九岁的时候，父亲因为突发腹痛，记得那也是个下着雨的夜晚，众人用门板抬着父亲，沿着这条唯一与外界相连的道路，往镇上的医院赶去，无奈道路泥泞难行，众人摔倒了不知多少次，等到好不容易走出这条路，还未来到医院，父亲就因为耽搁太久，而错过了救治时间，永远离开了他们。想到这些，杨军就感到心里一阵阵地被揪一样的疼。

回家的路

杨军在外地打工的那几年，心里就有一个信念，好好干活，挣足了钱回家修一条路。杨军是这么想的，也是这么做的。不管多累多苦，杨军一直坚持走着。

杨军谈第一个女朋友的时候，他只问了女朋友一句话："将来我想先回家乡修一条路再结婚，你同意吗？"那女孩有些诧异，但是她只是放在心里，并没有多么在意。可是后来的见面让她越来越难以忍受，她以为自己遇到了一个疯子，后来终于承受不住偷偷跑了，因为每次和杨军见面，他的嘴里都是关于修路的话语。

为了挣足修路的钱，杨军很少回家，家里的老母亲都是乡亲们帮着照顾。后来有一次，他春节回家的时候，母亲突然和他说："我真想去镇里看看……"杨军突然鼻子一酸，这才记起，因为道路难行，母亲好像真的一次镇里都没有去过……

杨军通过几年的拼搏，终于有了自己的事业，等他感觉可以有能力回家修一条路的时候，他已经迫不及待地收拾行囊赶了回来。他不放心让手下的人来做这些，他说，道路的长度宽度，我都要亲自参与丈量，我一定要乡亲们平安自由地走在这条路上。

乡亲们围住杨军，纷纷出主意，说自己的意见和看法。杨军都非常认真地记在本子上，他想尽力把路修的完美，因为这个梦想太重要，太长久，等到终于要实现的时候，反而让杨军觉得有些"近乡情怯"的感觉，所以他认真再认真，从最基础的设计到用料，他都是苛求完美，力争最好。

母亲的身子一条比一天差，自己的车子开不进来，如果母亲想去镇里，还是需要步行几个小时的时间，才能到达，而这样的长时间的路程跋涉是母亲的身体所不

第二辑　无限感恩

能承受的……所以杨军也想加快修路的进度,早日实现母亲的愿望……

修路工程如期进行。乡亲们给这条路起了个名字叫杨军路。

杨军站在温暖的阳光下,仿佛看到宽阔的道路已经修起来,村子里的人们和母亲一道大步往前走着,外面的世界正向他们打开大门……

感恩于那份等待

多年过去了,他们都已经长大成人,曾经年少的很多记忆也许都已经飘散在风里,可是曾经纯真的情感却始终难以忘怀,也就是所谓的曾经沧海难为水吧,所以,他一直等着她……

最近,她总感觉有人在跟踪自己。好几次,她甚至都能感觉到那个人温暖的气息,可是等她回过头去,大街上空荡荡的,只有那橘黄色的路灯在看着自己。

她在一家大型超市上班,每次下夜班回家,都是这个城市最寂静的时刻。白天车水马龙的街道,此时静得让她感觉恍若隔世。

反正回到家也是自己,还不如在外面多消磨一下时间。有时,她会不自觉地慢下脚步,尽情享受这难得的安静。

但是,孤独感还是会猝不及防地漫上心头。刚从那场为时十年的婚姻中挣脱出来时,她感觉自己仿佛重获

回家的路

自由的笼中之鸟，那样轻松，那样幸福。没想到两年的单身日子过下来，她感觉越来越孤独，越来越渴望一份温暖的问候和真诚的关爱。

每当此时，她就会不自觉地忆起自己的初恋，那个因为她挨了父亲两巴掌的男孩。

那天，他们约好在郊外的小河边见面，然后他说他要带她走，她看着他青涩的脸上写满了认真和欢乐。他说，你知道吗，和你在一起，我才是我自己，我想做真实的自己。

她捂住像小兔子一样乱跳的心，男孩多优秀啊！听说是学校里的数学天才，无数女生的心中偶像，他竟然会为了自己放弃这些……

男孩笨拙地拉着她的手，手心里湿漉漉的全是汗，她回过头去幸福地笑着，这时，她突然发现男孩父亲站在不远处，愤恨的眼睛里像是喷出了火。

她大惊，急忙甩开男孩。却见男孩的父亲三步并作两步地跑过来，狠狠地甩给男孩两巴掌。男孩虽说被打得两腮通红，却直挺挺地地站在她面前护着她。

男孩的父亲对她吼着，你母亲害死了人，难道你也要害人吗？她愣在那里，仿佛刚刚结疤的伤处，又被无情撕开，那一刻，她再一次认识到，她是一个杀人犯的女儿。

他追了上来，她却冷酷地指着身边那条踹急的河流说，你以后再找我，我就跳下去。他受伤的眼神里全是绝望，她却头也不回地走开……

想到这里，她不禁叹口气，曾经年少呀！

月光如水，她的心情突然莫名地好起来，唯有自己的脚步声给自己做伴，何尝不是一份别样的快乐。

第二辑　无限感恩

接到母亲的电话时，她已经上床歇息。母亲说，我已经出来几日了，住在以前的老房子里，我身体还好，你要照顾好自己，另外……犹豫半天，母亲又说道，你雪姨的儿子一直去牢里看我，有时间，你带我问候一下他……他说，他一直没结婚……

挂上电话，她惊讶不已。"雪姨的儿子……"她想起他被父亲打了两巴掌后，用身体护住她的情形……他怎么会去牢里看望母亲呢？十几年了，自己一直都没和他有任何联系呀！

当年，他们和雪姨一家是邻居，雪姨和自己的父亲偷偷好上后，没多长时间就被母亲发现，母亲去找雪姨理论，两人扭打时，雪姨失足滚下楼梯不幸摔死，父亲羞愧难当，也喝农药随雪姨去了。

母亲坐牢后，她辍学早早参加了工作，一直都是雪姨的儿子在偷偷照顾她。但是她知道，他父亲是不会同意他们在一起的，因为两家的尴尬关系，他只想等儿子考上大学后，就搬离这个是非之地，忘记这里的一切。

没等他们一家搬走，她倒是偷偷走了。她用很快的速度换了工作，然后又嫁了人，彻底从他们的视野里消失了。

想到这里，想到他倔强的表情，她的心里慢慢涌上了一份伤感。

又一个夜晚来了，她下了班，走在回家的路上。正是暮春时节，柳树疯长，飘逸的枝条倒垂着，让她不禁再次想起在河边和他牵手漫步时的情景。

身后那个若有若无的脚步声又响起了，这次，她没有犹豫，快速回头，突然看到了他走在离自己不远的路灯下。

回家的路

她没有惊慌，等着他一步步走过来，望着他脸上温暖的笑容，她突然就笑了。他也笑了。

他说，我一直都在等你，你知道吗？

她说，我知道。

二姨住上了新楼房

看着远处的高山，树木，庄稼……几近哽咽，他说孩他娘，你感觉到幸福了吗？我感觉真幸福啊……二姨点点头说，都是因为我们生活在这个美好的年代和国家，所以才会有这么幸福的日子啊……

二姨当年跟着二姨夫去东北的时候，是因为二姨夫家穷，连住的地方都没有，他俩结婚的时候，是借了邻居家的牛棚住了一些日子。

二姨夫下定决心带着二姨去了天寒地冻的东北，希望能闯出一条生路。

刚去东北的时候，因为没找到那个投靠的老乡，加上那地方地处偏僻，交通堵塞，他俩吃尽了苦头才算安顿了下来。姥爷知道他俩的情况后，一次次写信让他们回来，可是二姨夫生性倔强，他对姥爷说："我闯不出点名堂，是不会回去的……"姥爷听他这么说，也没办法，就随他去了。

那个年代，家家日子都过的辛苦，没包干到户的时候，连吃饱都是很大的问题。后来包干到户，各家的日子都慢慢好了。看到能吃饱穿暖了，姥爷又想起远在他

第二辑　无限感恩

乡的二姨和二姨夫，他开始让舅舅频繁写信去东北，催他们回来。可是那些信都石沉大海，没有任何回音。

　　这期间姥爷几次都要去东北看看，都被家人拦了下来，大家一直认为，两个大活人不会出什么问题，或许是因为天气原因，信件被耽搁在路上了……这样几次三番劝阻，姥爷终于断了去东北找他们的念头，还好就在大家望眼欲穿的时候，他俩竟然回来了。

　　原来，他们在东北的这段时间，因为人生地不熟，没找到住的地方，都是东家住一晚，西家住一晚，时间久了，二姨被折腾的面如菜色，身体虚弱，俩人没办法，商量一下只好回来了。

　　姥爷用手里的积蓄给他俩在河沿边盖了两间房子，因为包产到户，二姨夫除了自家分到的那几亩地，又自己开荒了一片山场，栽种了许多果树，二姨在家更是种了大片的蔬菜，鸡鸭羊猪的养了一大群，生活渐渐好了起来。

　　可是二姨心中一直有一个难解的心结，她对二姨夫说："我嫁给你，连个住的地方都没有，如果没有我爹给我们盖了两间房子，我们现在还住在大街上呢……"一番话说的二姨夫拿着旱烟袋低头抽烟，不再言语。

　　二姨夫下定决心，这辈子不但要给二姨盖许多房子，还要让二姨住上城里那样的楼房，窗清明净，登高望远，田野景色尽收眼底，那样的感觉一定很好吧……

　　国家政策一天比一天好起来，后来免收农业税，一系列的惠民政策下来更是让二姨夫喜上眉梢，二姨夫感觉离住楼房的梦想越来越近了……这期间，因为俩人能吃苦，又勤劳持家，二姨家的生活已过的红红火火，二姨夫已经在村里盖了一排大瓦房，二姨住在大瓦房里，脸上每天都洋溢着幸福的笑容。

53

回家的路

　　二姨知道二姨夫想盖楼的心思。她对二姨夫说，我现在有瓦房住，已经很知足了，不用再想着盖楼房的事……二姨夫摇摇头，他说，这是我的梦想，以前你跟着我吃了太多的苦，所以我一定要实现让你住楼房的愿望，那样我就没什么遗憾了……

　　二姨夫更加努力工作，他想让梦想早一点实现。这时候国家建设新农村的政策又开始如火如荼地进行，村里已经开始重新规划统一盖楼，国家补助，村里补贴，每家不用出多少钱，就可以住到村里统一盖好的新楼里，二姨夫听到这个消息时，激动的心情无法言表，二姨更是高兴地唱起了"共产党一心为人民"的歌儿……

　　搬到新楼的那天，家家像是过年一般，鞭炮声声，锣鼓喧天，二姨夫拥着二姨站在明亮的阳台上，看着远处的高山，树木，庄稼……几近哽咽，他说孩他娘，你感觉到幸福了吗？我感觉真幸福啊……二姨点点头说，都是因为我们生活在这个美好的年代和国家，所以才会有这么幸福的日子啊……

幸福的工资

　　现在很多市郊的村子因为交通便利而被划为开发区，村子的土地上建起了工厂和高楼大厦，所以，很多村民因为土地被征用而失去了收入来源，所以，他们内心充满了惶恐……

　　随着周边工厂楼房越来越多，刘大爷的眉头皱得越

第二辑 无限感恩

来越紧。

每天天还未亮，刘大爷就来到菜园子里忙活，只有在这里，刘大爷的眉头才会展开，心情才会舒畅。

菜园里的角角落落，沟沟叉叉都让刘大爷见缝插针地种满了各色瓜果蔬菜，丁点的地方都不会浪费。刘大爷一直想，自己是农民，农民的本职工作就是种地，所以，只有在土地上，刘大爷才能找到自己的存在价值。

刘大爷对这片土地是有感情的。记得小时候，村子周边还是一片荒芜，到处荒草丛生，碎石满地，是刘大爷和先辈们一寸一寸开垦出来的，虽然，这片地并不是打粮食的好地，可是，侍弄久了，总归感觉已经离不开了。

可是，因为地处城中村，周边土地都被政府征用建了经济开发区，每家只留一片菜园种植蔬菜，这让种了一辈子地的刘大爷，骤然失落了起来。而且最让刘大爷感觉担心的是，不种地了，以后靠什么吃饭？除了种地，自己可是什么都不会做啊……

刘大爷就在这种失落中度过每一天。幸亏还有一块菜园，闲暇时，他坐在菜园边上吸烟时，总是这么庆幸。

其实刘大爷的担心有些多余了。自己的儿女都在周边的厂子里上班，每月工资很高，所以，平时给刘大爷的零花钱也够用的。并不比种地时收入少。看着儿女们每天像城里人一样上班下班，穿得干干净净，高高兴兴的，刘大爷心里也很舒坦。

儿子对刘大爷说："你现在已经是城里人了，不要每天都想着那两亩薄地了，况且那些地都是盐碱地，并不适合种粮食，现在政府在那里建成经济开发区才是造福我们呢，你看我们现在的经济发展多快啊，生活也越来越好……刘大爷听儿子这么说，感觉是有些道理，想

回家的路

想以前那块地方每年都减产，想必儿子的话是真的。

刘大爷开始不再钻牛角尖了，总算还有块菜园让自己过一把种地的瘾。

闲暇时，老伙计们凑在一起，诉说失去土地的恐慌时，刘大爷总会安慰他们，别再唉声叹气了，说不定政府哪天把我们这些老家伙统计一下，让我们像那些退休工人一样发养老金呢……到那时，我们除了下棋、钓鱼，就是出去旅游，日子多好啊……

这天，吃过早饭，刘大爷又来到菜园里忙活。今年因为雨水充足，蔬菜长势良好，让刘大爷感觉很高兴。

正在这时，他突然听见儿子在不远处着急地喊他："不知道出了什么事……"他嘟哝一句，急忙站起身向儿子走去。

儿子上气不接下气地说："我们赶紧去村委会去一趟，政府已下达了文件，要给你们这些失地农民发工资了……"

刘大爷以为听错了，大声问一句："你说啥，再说一遍……"

儿子说："我是刚才接到村里的通知才过来找你的，听村里说，政府自从开展为民办实事政策以来，已经为老百姓做了很多实事、好事，而今年'被征地农民参加养老保险'已被列入为民办实事重点项目，所以，我们得赶紧去报名，过段时间，你们就可以像城里那些退休工作人员一样每月都可以领到工资了……"

刘大爷听了儿子的话，顿时觉得步履轻松了许多，他跟在儿子后面，喜滋滋的，仿佛自己像是胜利归来的将军一样，那么骄傲和自豪……

第二辑　无限感恩

回报大山

　　拥着孩子往校园走去时，她突然听见身后山上悠扬的歌声，她一惊，回过头去，她看见那个大男孩正背着行李从山路上走来……一股强大的幸福感从心底涌了上来。

　　她背着行李坚定地走在进山的路上。
　　早晨空气清新，路边的花草在露水的滋润下越发娇嫩。她停下脚步，稍微歇了口气，离学校还远着呢，还得走一大段路。
　　想想自己马上就能成为一名老师了，真是特别开心。当年自己从这座大山里走出去的时候，就下定决心回来当一名老师，没想到，多年以后，自己终于实现了这个愿望。
　　这么偏僻遥远的地方，是没有人愿意主动来的，可是如果都不来的话，大山里的孩子该怎么办？那些孩子是多么渴盼能好好学习走出这里啊……想到这里，她感觉自己的眼睛有些湿湿的，她赶紧拿起背包背在背上，继续往前赶去。
　　再走不远的地方，翻过那座山头就可以看见王老师的坟了。自从自己考上大学后，已经有好几年没回来了，也没有去看望王老师。
　　王老师是当年教自己的班主任老师，他拖着重病的身子坚持教他们到参加毕业考试，还没等到他们的录取通知书寄来，就因为劳累旧病发作，永远地闭上了眼睛。

回家的路

他说，你们将来学业有成，一定要回来报答家乡，可惜我看不到那一天了，但是当你们回来的时候，一定要去我的坟前告诉我……

大学期间，她一直牢记班主任老师的话，刻苦学习，今天终于以优异的成绩毕业。面对城里众多知名单位的挽留，她都没有动心，她知道自己最想去的地方就是回到家里，回到那座生养自己的大山里。

还好，当太阳刚刚爬到自己头顶的时候，自己终于来到了王老师的坟前，时间还早，自己可以和王老师多说会话了。

当年，自己被父亲从学校里拉回家喂猪的时候，是王老师赶到自己家里，和父亲谈了整整一夜，王老师说，这个孩子将来会很有出息，如果不上学了，将是这个家的损失，也是大山的损失，更是社会的损失。父亲是老实巴交的山里人，大字不识一个，王老师说的话，他似懂非懂，他只知道女娃不用识多少字，认识自己的名字就行了，早点下来可以帮自己干农活贴补家用。

王老师说不动父亲，就从自己的工资里拿出一部分来资助她，而她也一直没辜负王老师的期望，成绩一直名列前茅。

她跪在王老师的坟前，说着说着，眼泪就流了出来。她说，我一定要像您一样，好好教这些孩子……此时她的眼前仿佛浮现出王老师站在讲台上认真讲课的影子……

她擦把眼泪，站起身，继续赶路，下了这个山坡就到学校了，校园里面悠扬的铃声好像就响在耳边。她记起自己做这个决定的时候，那个对自己好了四年的大男孩用惊讶的眼神盯着自己看，后来那生气的表情好像要

第二辑 无限感恩

把她吃了一般。在男孩的心里,女孩毕业就会和他一样留在城里,然后俩人结婚生子,一起过幸福的生活。没想到女孩临毕业了,会有这样的打算和决定,他感觉非常不可思议,有谁会放着舒适的环境和工作不要,跑到那么偏僻的地方去呢?女孩的家乡,那是连车也通不进去的啊。

她坚定地对他说,我是一定要回去的,我们那地方不会永远穷下去的……她还和他说,现在政府正在加大力度开发那个地方,我相信过不了多长时间,我们就会通车,经济也会发达,那时候,我们的家乡会越来越美丽的……

学校门口,年老的校长正领着孩子站在那里欢迎她的到来,他们站在那里,小小的身影整齐排列,脸上荡漾着甜美的笑容,只看一眼,她感觉自己就已经醉在这些纯真的眼神里面,那里面是满满的对她的信任和尊重啊……

拥着孩子往校园走去,她突然听见身后山上悠扬的歌声,她一惊,回过头去,她看见那个大男孩正背着行李从山路上走来……

她看见孩子们都呼啦迎了上去,后面她已经哭得稀里哗啦,只是内心中却有莫大的幸福涌了上来,哭着哭着,她已经笑了……

回家的路

想到这里,他拿起背包坚定地背在了背上,大踏步往前走去,他突然醒悟和明白,这里曾是自己摔倒的地

回家的路

方，只有再从这里爬起来，才是自己此时最需要做的事。

他回来的时候，心中是忐忑不安的。他不知道离家这么多年，家乡是否还能接纳他，当年他走的时候可是家乡最穷的时候。现在想来，那时义无反顾地离开就像是一个叛徒，更像是一个懦夫。

他下了公共汽车左右看了一下，然后小心翼翼沿着宽阔的柏油马路往前挪，背上的背包像是有千斤重，压得他弯了腰。

路边高大的雪松像是排列整齐的战士，严肃威猛，让他更加心虚。他找了块地势高的地方，把背包取下，站直腰往前看，再有不远的一块距离就到村子里了，前面的楼房绵延了一大片，和报纸上报道的照片一样，有厂房，有居民楼，今日的村子已不是昔日那个破旧落后的小山村。

脚下的马路以前是没有的，进出村子是靠一条泥泞狭窄的山路，路面坑坑洼洼，布满细小石子，遇到下雨天更是寸步难行，再加上路两边是陡峭的山崖，一般没什么重要事的话，平时是没人轻易出村的，所以，以前村子的贫穷也是和交通不发达有关。

他最初回村准备大干一场的时候，刚刚高中毕业，那时候他没有意识到交通发达和经济相关联的重要性。他没有听从乡亲的劝阻，领着他们闷头苦干，虽然引进了很多挣钱的项目，也确实付出了很多艰辛，可是最后却因为交通闭塞的缘故，外面的车子进不来，他们苦苦种植的产品滞留在村子里，后来不但没让乡亲们致富，反而让他们赔上了本钱。

想到这里，他感觉自己的眼睛湿润了。

第二辑　无限感恩

　　他想起自己走的那个晚上，夜黑风高，连月亮都没有出来，漆黑一片，他不知在这条路上摔倒了多少次，最后汗水伴着泪水混合在他的脸上，模糊了他的视野。走到小路尽头的时候，他甚至没有再回头看一眼村子，他以为自己的失败完全是因为村子本身闭塞的缘故，并不是自己的原因，所以，他想赶紧离开这里，只有离开这里，自己的才华和能力才有施展的地方，才会体现他的人身价值。

　　后来，他不断奔波在各个城市，可是却一直没有找到自己的位置。不知不觉，时间流逝，近十年已经过去了，他无意中从报纸上看到自己的家乡，也就是以前那个贫穷落后的地方，现在已经是有名的茶叶之乡，这让他目瞪口呆。

　　原来这几年政府加大了对贫困山区的扶持力度，打出了"要想富，先修路"的口号，不但在村子前面修了一条宽阔的马路，而且，还结合村子的实际情况，帮他们制定了一系列的致富项目，其中茶叶加工就是其中一项重要的措施。

　　近几年家乡人栽种大片茶树，另外加工，销售一条龙，建起了很多茶叶加工厂，还因为村子地处大山深处，土质肥沃，气候适宜，茶叶的品质很高，后来渐渐创建了自己的茶叶品牌，就连北京上海那些大城市都有了家乡的茶庄，有些茶叶品种还销往国外，生意做得风水云起，乡亲们就这样慢慢富了。

　　富起来的乡亲和村委盖起了很多居民楼，又引进了许多别的项目，没出几年工夫，已经是乡镇上重要的工业基地。

　　想到这里，他拿起背包坚定地背在了背上，大踏步

回家的路

往前走去，他突然醒悟和明白，这里曾是自己摔倒的地方，只有再从这里爬起来，才是自己此时最需要做的事。

前方的路更宽了，他仿佛看到这条变宽的路也再渐渐变长，延伸，通到了更加辉煌的未来……

木槿花开花落

他给她讲以前他们在一起时的那些幸福时光，他还拉着她的手摸自己那条受了伤的腿，他说，哪怕这辈子你醒来后，再也站不起来，我们也不怕，最根本我还有一条好腿，能背着你去看木槿花，这已经足够了……

他看着窗外的木槿花在温暖的阳光下开得正欢，一朵朵粉色的花朵从翠绿的枝条上冒出来，争先恐后像是怕来不及盛开一般，张扬在他的眼睛里。

花儿还是开了，这本是他和她一同栽下的，他们约好等到花开的时节，他们会在花香浮动的院子里举行婚礼，那时，她将是他最美的新娘。

他记起以前俩人相约一起上学的路上，他总会偷偷看着她羞涩的眼睛问她："将来你会做我的新娘吗？"她的脸蛋总会布上如木槿花一般的颜色，让他疼爱得不忍触碰。

他在心中叹口气，把目光收回，眼睛落在那条受伤的腿上。她的母亲刚刚突然来过，责问他为什么把她赶走，临走看他不语，竟然如释重负般的舒口气："这样也好，省得受你的连累……"

第二辑　无限感恩

他苦笑了一下,想起在医院偷听到的医生的话:"这条腿算是废了,能站起来的可能性基本没有了……"那时候,他已经昏迷了几天几夜,刚刚醒来,就听到了这些。

他感觉到自己仿佛迅速坠入万丈深渊。"怎么会站不起来了?"他试着动了一下腿,那里像是压了千斤巨石,木木的,没有任何反应。

他想接着睡下去,不要再醒来,过了许久,他忽然嗅到了她熟悉的气息,她正在帮他擦拭不知什么时候流出来的泪水,接着就听到她惊喜的声音:"啊,你醒过来了……"

车祸是在去接她的路上出的,当时他脑子里全是木槿花开的景色,大朵大朵,像是她灿烂的笑脸晃在眼前,回想俩人从中学到大学,为了能离她近一些,他一次次换学校,宁愿越换越差,可是只要能看见她的影子,他就是幸福的。

他以为,这辈子他们相依相伴永远都不会再分离……

他开始赶她走,也拒绝再和她说话,她不走,他就摔东西,摔得她胆战心惊,泪如雨下。她小声哀求他,可是他却愈发冷酷。她不知道自己错在哪里,看着他因为自己不走而拒绝治疗的倔强,她终于还是哭着离去……

看着她走远的身影,他的心却如撕裂般的痛苦,我有多爱你,你可曾知道,只是我的腿即将残废,以后我该拿什么给你幸福……

他托朋友偷偷开车把他从医院里接回家,她又来,只是这次连他的父母都站出来劝她:"姑娘,他伤得这么重,为了他能好好休养,你还是别来了……"她用哀

回家的路

求的目光看他，他却冷酷地别过头去，她想靠近，他却拿起一个杯子狠狠地摔了过去……

她看他一眼，绝望而又愤恨，然后缓缓离去……

她母亲来后没几天，就听到她订婚的消息。他木木的没有任何反应，这样的结果是他早就料到的，她们家一直不同意他俩交往，这次的事故正好也是逼迫她快速订婚的理由，他以为这样的结局很好，最根本这辈子他不会让她跟着自己受苦了……

木槿花开得更艳了，有几株粉红色的，花瓣大而热烈，像是燃烧的一团火，烧灼着他的眼睛。

他开始试着不再去想她。离她的婚期近了，她也许正沉浸在幸福中吧。

传来她住院的消息时，木槿花已经过了花期，花瓣落了一地，而他正拄着拐杖在树下捡拾那些花瓣。

他像疯了般地感到了医院，却看见她全身插满管子已经人事不知。

她母亲忍住眼泪递给他一本厚厚的日记，说："这是她写的，自从和你分手后，她精神一直都很恍惚，夜里总是自己去小区前面的木槿花丛里看木槿花，那晚大雨，她又奔了出去，结果失足跌进正在施工的下水道里……大夫说，她脑部受创，腿也受伤，将来肯定会落下残疾了，大夫说，现在只能和她说以前的事，希望能刺激到她，让她醒过来……"。

他翻开日记，里面全是俩人以前在一起的点点滴滴的记录，那么详尽，他翻着翻着，眼泪落下来，打湿了字迹。

他开始在医院里陪她，念日记上那些美丽的文字，分分秒秒都不舍得再离开。

第二辑　无限感恩

他给她讲以前他们在一起时的那些幸福时光，他还拉着她的手摸自己那条受了伤的腿，他说，哪怕这辈子你醒来后，再也站不起来，我们也不怕，最根本我还有一条好腿，能背着你去看木槿花，这已经足够了……

盼你醒悟

女儿单纯善良，是个好孩子，但老太太的行为却让我们感到震惊和痛心，希望她早点悔悟，不要再继续做这样残忍的事，早点让那个受到伤害的孩子恢复健康……

女儿蝶一脸诧异地在一群人面前停下来时，佳也被眼前的景象惊呆了。

人群围住的像祖孙俩，老的一身褴褛，花白的头发被风吹得乱七八糟。小的更加惨不忍睹，衣服破得不成样子，瘦长的身子顶着硕大的脑袋，大大的眼睛深陷在眼眶里，整个人瘦得皮包骨头。

佳皱着眉头，去看铺在他们面前那张白布上的字。原来孩子是以乞讨为生的老太太十年前从路边上捡的，当时孩子已奄奄一息，老太太用讨来的剩米汤救活了他。十年来，老太太拖着病躯，辗转于各个城市乞讨，可还是无法让孩子吃饱……没看完，佳的眼里已经注满了泪水，为老太太的善良，也为这个孩子的可怜。

回过头，佳紧紧地搂着女儿，用哽咽的声音讲完了这个故事，七岁孩子的幼小心灵受到很大震动，掏出包

65

回家的路

里所有的零食放在他们面前，还一个劲地求佳给他们些钱。当佳领着女儿回家时，女儿心事满腔，眼泪汪汪……

孩子这样，佳的心中有一丝丝的疼，但更多的是漫上心头的温暖和欣慰。佳知道，孩子内心因为充盈着一份纯净的善良，才会这样。

回家后，蝶一直待在自己的小屋，过来好久才跑出来说："妈妈，你不是说我可以用自己的钱做有意义的事吗？我刚才数过，我有五千六百元钱。我想把这些钱，全部捐给那位老奶奶和她的孩子！"

看来女儿真的动情了，这些钱是女儿攒的磕头钱，也包括自己平日给女儿的一点零花钱，女儿平日舍不得花一分，现在竟然想都捐出去。既然女儿舍得捐，那就让她捐吧。佳答应下个星期天就领女儿去捐钱。

那天在市医院上班的佳去小儿科送一份化验报告。刚好与从办公室往外走的祖孙俩打了个照面，虽然老太太已换了一身漂亮的衣服，手指上还戴着明晃晃的金戒指，佳还是一眼就认出了他们。

佳询问他们的情况，王医生苦笑了一下说，这祖孙俩是我们这里的常客，已经在这儿输了十年的葡萄糖了。孩子原来是健康的，应该与老太太没有血缘关系，她说孩子无法进食，我看她是故意不给他饭吃。老太太似乎懂点医学常识，定期来输葡萄糖，是为了让孩子获取脑细胞发育必需的营养，这样孩子的智力虽然不怎么受影响，可是身体的发育却受到明显的限制。据说这老太太靠这孩子的乞讨费在市中心都买两套房子了……

听完这番话，佳觉得那份要让自己窒息的疼痛感灌满了整个身体。

经过一番思索，她还是决定不把实情告诉女儿，而

第二辑　无限感恩

是让女儿继续捐钱。那天，佳领着女儿很快就找到了他们，当女儿把一大沓崭新的钱币放进小孩的面前箱子时，她看见老太太的目光亮了一下。

趁人不多，女儿也转身看别处时，佳小声对那位老太太说，我是医生，那天我在医院碰见你们了，你的情况我已经完全知道了，是孩子想捐款的，我没阻止孩子是不想让这个世界的丑陋毁了孩子纯净的同情心。给你这些钱，我不求你别的，只求你以后对孩子好些。否则，我一定会报警的！

从此，佳再也没有看到这祖孙俩，她是多么希望老太太已经幡然醒悟呀！

有你们的爱陪伴，我不孤单

不知不觉时光流逝，自己也记不清教了多少学生，每天在教室和家之间的楼梯上上上下下，不知走了多少路，如果不是因为那天他突然在去教室的路上摔倒，他以为他会永远这样走下去，而不会停歇的。

屋外阳光温暖，细细碎碎地落了一地。风好像也特别轻柔，从打开一条缝隙的窗户边上调皮地钻了进来，窗帘吹起落下，挠得孙军感到有些心痒。

孙军真想出去走走，那些阳光太诱人了。可是他低头看看自己的腿，不由得叹了口气。

自从病了以后，自己一直住在医院里。这好容易刚出了院，可是大夫说，以后还得加强康复治疗，要不腿

回家的路

部肌肉萎缩，以后站起来的可能就会更小了。

可是妻子上班，孩子太小，谁和自己去医院理疗呢？

孙军的心情瞬间低落，别说理疗了，现在自己想去外面晒晒太阳，也是很奢侈的事啊。

孙军住在学校后面的家属楼上，记得自己刚来这所大学教学的时候，自己也是刚刚大学毕业，学校里面环境幽静，绿树环绕，一群群的同学带着微笑从身边走过，整个校园让人感觉温暖舒适肃静高雅，孙军喜欢这样的环境。他就像一条在水里游着的鱼一样，尽情享受这美妙的生活。

不知不觉时光流逝，自己也记不清教了多少学生，每天在教室和家之间的楼梯上上下下，不知走了多少路，如果不是因为那天他突然在去教室的路上摔倒，他以为他会永远这样走下去，而不会停歇的。

疾病来得迅疾而突然，让他感到无奈。

这时，前面的校园操场上传来阵阵呐喊声，孙军记起自己没得病之前，也和那些学生在篮球场上呐喊嘶叫奔跑，那时候多好啊，身体倍儿棒，日子无忧无虑。

孙军又想起自己的学生，那些可爱的孩子啊，自从自己住院后，都轮流去医院看望和照顾自己，为了不影响他们上课，他都是严肃地赶他们走，并责令班长看管好，不准再请假到医院，可是即便这样，他们还是偷偷地跑去，陪他聊天下棋看书，有他们在，孙军感到那么幸福和开心。

出院之前，孙军骗他们说，自己要去北京的大医院做康复治疗，以后就别去医院看望他了，学生信以为真，他们想不到一向可亲可敬的班主任老师也会骗他们，看着他们从病房出去，渐渐走远的背影，孙军偷偷擦掉不

第二辑　无限感恩

知不觉流出的泪水。

那些大男孩们，在家里都是衣来伸手饭来张口的娇惯孩子，可是自从知道孙军病了后，好像都瞬间长大了一般，平时帮他洗脚，打开水，打饭，洗衣服，妻子在另一所学校教学，平时没过多时间来照顾他，请的护工又粗心，在医院那些时间，还真是亏了这帮学生们……可现在自己还要来骗他们，这让孙军有些愧疚。

这时候，外面的风停了，窗帘老老实实的挂在窗户的角落，不再飘动，那方阳光好像也移走了一块位置。孙军调整了一下轮椅，想挪到离窗户近一点的地方，正在这时，门铃突然欢快地响起，会是谁呢？孙军摇动轮椅向前打开门。

屋外呼啦一群人全都围了过来。他们大声叫着，老师，老师，您真的在家啊……原来没去北京啊……幸亏王老师偷偷告诉我们，要不就被你骗苦了……

大家这个一句，那个一言，孙军都插不上嘴，只有微笑着听他们"发泄"，心中的幸福却一圈一圈的从心中漫开荡漾，淹没了孙军所有的失落。

学生们说："孙老师，听说你还要在学校的校医院里做康复治疗，我们都商量好了，以后，我们排好班，在不影响学习的情况下，轮流背你去做康复……可以吗？"

班长看到孙老师没有点头，马上又说："我们不是白背你的，每次和你在一起，你都教给我们那么多知识和做人的道理，其实受益的是我们呢……"

孙军感到眼睛里热热的，他努力控制不让眼泪流出来，抬起头，窗外的阳光更亮了，温暖渐渐蔓延了整个房间……

回家的路

第三辑　深沉感念

　　赠人玫瑰，手留余香，每一份感念如花瓣，绚丽生命的春夏秋冬，与人和善，于己宽容，每一份善良如雨露，浸润着生命的最美。生命中的那些美好感念，像一场花开，穿过季节的长廊，幻化成一抹暗香，妖娆了每一个清晨与黄昏，芬芳了似水流年，唯美了指尖岁月。

那抹茶香

　　这样的一份感情让我们感动，感叹和伤感，他们为了不让彼此伤心难过，各自隐瞒自己早已经不在人世的事实，用一包茶叶证明自己的存在，让我们惊叹于这份不惹尘埃的纯净感情，让我们唏嘘不已……

　　清明来了，茶叶又飘香了。
　　云轩站在窗前看着那片已泛绿的茶树，心不禁悄悄

第三辑 深沉感念

抖了一下。这是他和明霞的茶园，他们曾一起修枝、采集、焙炒。

多少个夜晚，炒好新茶后，他和明霞坐在月光下的院子里共同品尝，她泡，他喝，然后他开始对茶评头论足。她默不作声，只是安静地看着他，一直都是这个样子。

她有时也忍不住插几句嘴，表示自己的不同意见。但是，望向他的眼睛里始终写满了爱意和温柔。他知道她是从心底爱自己的。

当医生指着明霞的头颅片子让云轩看那个肿块时，他感觉自己像是掉进了一个无底的深渊，他的身体快速坠落着，呼吸越来越困难，在他快要窒息的一刹那，突然对医生歇斯底里地大叫起来："你是不是弄错了？她那么年轻和美丽，怎么会得这种病？"

医生看他痛苦的样子，摇摇头，没有理会他的无理，只是告诉他，肿瘤长得很快，又在脑部重要位置，没法动手术，以后尽可能多满足下病人的要求和心愿吧……

云轩每天寸步不离地守着明霞，他们已经不再泡茶品茶，云轩最大的心愿，就是好好照顾她，尽可能延长明霞的生命。明霞说，希望还能喝到来年的新茶。

想到这里，云轩的眼睛里已经溢满了泪水，明霞终究没有挨过那个冰冷的冬天，万般不舍地走了。

云轩是在给明霞整理遗物的时候，发现她留给他的那张纸条的。

纸条上的字迹飘飘的没有一点力道，可是内容却深深地刺伤了他的心。

对不起……对不起……我瞒了你那么久，不要问太多，只求你以后每年像我在世时一样，给那个人寄一包新茶，这是我答应他的……

回家的路

云轩的眼泪再一次淌出来，他感觉这次是从心底流出的。可他还是按照那个地址，每年都给那个人寄一包茶叶。

转眼六年过去了，又是一个新茶冒尖的季节，云轩纠结着，他很想见见那个人。在他和明霞的婚姻中，他一直以为他们是彼此的唯一，生活中不会有他人的影子，可是，明霞却背着他，在心中藏了另外一个人……

这几年，只要想起这件事，云轩的心就涩涩的。

云轩拿着纸条，跨越千山万水终于找到了那个地方，站在那个用篱笆围成的小院外面，他感慨万千，他纠结着进去以后该怎么说明来意。

这时，他突然被院中几株郁郁葱葱的茶树吸引住了。

茶树枝繁叶茂，叶片肥厚碧绿，一看就知道主人在用心侍弄。云轩紧走几步，想上前看个究竟，突然一个温柔的声音在身后问道："请问你找谁？"

云轩吓了一跳，回头看去，只见一个和自己年龄相仿的女子正站在身后微笑着。云轩平复一下情绪，礼貌地回答："不好意思，这么冒昧地闯入，我来是找人的……"

女子听到他要找的人时，眼里露出一抹惊讶，没有再说什么，只是让云轩跟着她到了屋内。

屋里整洁雅致。云轩落座后，目光突然落在桌子上那个大大的镜框上，照片里的男人面带微笑，目光深邃，云轩看着他的眼睛，心突然没来由地慌了一下。

女人端茶出来问云轩："你是他的朋友？"云轩急忙说："是的，哦，不是……他是我老婆的朋友。"

女人怔了怔，目光黯淡了下去，过了一会，又忽然惊喜地说："我知道了，你老婆就是一直给他寄茶叶的人，

第三辑 深沉感念

是吧？"

云轩点了点头。

女人喃喃道："他以前和我说过的……"

女人眼里突然滚落出来大颗的泪珠。

他站起身，不知所措。

女人说，你找到这里，是想知道你老婆给他寄茶叶的原因吧？云轩点点头，女人接着说道，他俩是小时候一起在茶场长大的玩伴，他有先天性心脏病，医生说他的病就是颗定时炸弹，哪天爆炸了，生命就结束了，这也是你妻子的父母不同意他们结婚的原因……我们搬离家乡的时候，他们约好每年给他寄一包茶叶，只要茶叶不退回，就证明他还活着……

女人说到这里已经哭出了声，她抑制住情绪，站起来望着外面接着说道，看见了吗？院子里那几株茶树是他以前栽种的，现在我帮他侍弄……

云轩惊讶地听她说完这些，忍不住问道，那他现在去哪了？女人犹豫半天说，他六年前就去世了，这几年一直是我代他收的茶叶，这也是他最后的请求……

多年以后，云轩早已忘记自己是怎么走出那个院子的，但是院子里淡淡的茶香却一直充盈在他的胸腔内，历久弥香……

槐花飘香

安东的心如同槐花般纯净而美好，在这个飘着槐花香味的乡村夜晚，让我深切感受到一种冲击灵魂的情感。

回家的路

也许，这就是生活的美好吧，所幸让我遇到了……

安东带我回老家的时候，正是槐花飘香的季节。

崎岖的山路两旁，到处都是粗壮的槐树，一簇簇洁白的槐花缀满了枝头，远远望去，像是给群山裹上了一条白纱。

翻过山头，来到一片宽阔的地方，几个村子稀稀疏疏地散落在山坳里。安东的家就在靠近山脚下的小村子里。村子只有几十户人家，颇有点世外桃源的味道。

快到村前的时候，我吃力地脱下高跟鞋看了看，脚上已经磨起了水泡，安东把我的背包接过去，眼里充满了愧疚和心疼，我装作没看见，急忙穿上鞋，往前紧走几步，转着身子大声说，这里真美啊！

安东说，今天村里逢集，他母亲此时也许会在集市里。安东所说的集市，在村子外面的一块空地上，外面来的小商贩在这里摆摊卖一些日用品，还有附近的村民把自家产的水果、蔬菜拿出来卖，赶集的人并很多。

安东把背包放在一棵槐树下，踮起脚尖，从树上摘下一串槐花递给我，擦把汗说，我去看看母亲在不在集上，你先吃着这个。

安东说，他十几岁的时候，父亲就去世了，虽然从小家境贫寒，但母亲是个好强的人，这么多年独自一人把他们兄妹几人拉扯大，还省吃俭用供他读大学，从没叫过苦。

我摘下一朵小花，试着放在嘴里，轻轻嚼着，一种涩涩的香甜马上从舌尖传来。我边吃槐花，边四处张望着。这时，不远处一位捡拾菜叶子的老大娘引起了我的注意，她的衣着，虽然破旧，却浆洗得很干净，花白的

第三辑　深沉感念

头发也梳得一丝不苟，在脑后盘成了一个髻子，显得干净利落。

她把那些商贩扔掉的菜叶子，一片片捡起来，把变质的部分摘掉，剩下的放在篮子里，一边捡，一边摘，甚是仔细。

我刚想上前探问，突然被人生生地拉到了槐树的后面，抬头一看，竟是安东，他示意我别出声。

这时，老大娘已经走到别处，那里有一堆别人扔掉的烂苹果，她蹲下身子，从篮子里拿出一把水果刀，小心翼翼地把苹果坏掉的部分挖掉，把剩下的放进篮子里。安东看着看着，泪水溢满了眼眶，直到大娘弄完那堆苹果，蹒跚着走远，才趴在那棵槐树上抽泣起来。

我呆呆地看着安东，不知所措，在我心里，安东一直都是坚强无比的。就是这次，他不同意我跟着他回来，虽然我用尽各种手腕逼他就范，他也是一副波澜不惊的表情，我还以为他这人天生铁石心肠……

安东拉着我的手，悄悄跟在老大娘后面，走到有两间草屋的破落小院里。院子里有一棵高大的槐树，炫目的槐花一串串压弯了槐树的枝条，院子里弥漫了槐花的香气。

看见我们，老人急忙从屋里走出来，满脸惊喜地看着我俩，安东快走几步，一把抱住她。老人抚摸着安东的头发高兴地说，你怎么回来了，儿啊，你都几年没回家了，妈终于把你盼回来了……

我和安东坐在院子里的槐树底下，吃着刚才大娘捡来的苹果，心里灌满了甜蜜。

乡下的天似乎黑得格外早，吃过晚饭后，我们聊了一会天便早早地休息了。和大娘躺在一张床上，我有些

回家的路

羞涩。半天沉默过后，大娘突然拉过我的手小声说，姑娘，我看出你对安东好，可是我们家这么穷，你不嫌弃吗？我使劲摇摇头说，大娘，我看中的是安东的为人和性格，我不怕穷……

哦，大娘长长地舒了一口气说，那就好，你是个好姑娘，也难怪安东那个榆木疙瘩会喜欢你。听她这么一说，我不禁笑出了声。

大娘沉默半天说，姑娘，看样子安东没和你说实话，其实，他不是我的亲儿子，他爹妈在城里开厂子呢！论起来，我们是很远的亲戚，他爸妈培养孩子的方式很特别，从他上小学开始，就把他送到这里来了。这几年他爸妈给我的钱，我都给他存着，安东把他爸妈给他的生活费也省下不少寄给我，听说他假期不回家是自己在打工挣学费，是这样吗……

这一刻，我的心像是被什么重重击中了一般。我记起安东在学校里的节俭生活，还有他打工挣学费的辛苦，泪水瞬间涌了出来。

山村的夜，很静。透过窗户，槐花的清香阵阵飘来……

奶奶，我永远的怀念

因为我，让奶奶的病情加重，这给我留下了一辈子的遗憾和愧疚。奶奶对我的疼爱之情是任何一种感情也无法相比的，她的慈祥和无私永远留存在我的记忆中，难以忘怀……

第三辑　深沉感念

那年我十三岁，爷爷去世没几天，我就搬到老房子去和奶奶做伴了。

奶奶一直都有严重的哮喘病，爸爸几次让她到我们家去住，奶奶就是不肯，爸爸知道，她是不舍得离开和爷爷住了几十年的老屋。

老屋的院子里，有一棵枝叶茂盛的老槐树，听奶奶讲这棵树都有几百年的历史了，平常我们几个孩子手拉着手才能围着树干合抱一圈。

夏天的夜晚，吃过晚饭，我就和奶奶躺在树下的凉席上乘凉。这个时候，看着天上眨着眼睛的星星，鼻子里不时飘进一缕缕栀子花的香气，是我感到最幸福最惬意的时刻。

奶奶总是不顾自己气喘吁吁的身体，早早地把凉席周围点上熏蚊子的艾草，然后让我躺在她的身边，手里拿着蒲扇给我扇着，而我总是撒着娇缠着她给我讲她年轻时的一些事，每次我总是不等她讲完，就进入了梦乡，迷迷糊糊中却深切地感受到了奶奶手中那把蒲扇送来的阵阵凉爽。

每次，我在凉席上睡着后，奶奶是不舍得把我叫醒的，她喜欢看我睡得香甜的样子。因为自己的哮喘病，她已经多年不能睡一个安稳觉了。

直到凉席旁边的艾草燃完，耳边蚊子的蚊鸣声越来越响时，她才极不情愿地小心翼翼地晃醒我，我睡眼蒙眬的跟在奶奶后面走到屋里，刚挨到床边，倒头就又沉沉地睡去。

不知不觉，天气渐渐凉了，我们已不能再躺在槐树底下睡觉了，老槐树枯黄的叶子已落满一地。看着日渐光秃的枝条，我知道，无情的冬天马上就要到了，我郁

回家的路

闷的情绪日渐膨胀着，不只是因为不能再享受躺在槐树底下数星星的幸福，还有随着气温下降，我担心奶奶的病会渐渐加重。

这天夜里，风特别大，我和奶奶躺在床上，悄悄说着话，窗户上的塑料布被风扯开了一个口子，那是爸爸下午刚钉上去的，风肆虐着，寻找着一切缝隙想要钻进来，没被刮坏的那半块塑料布在风的冲击下，一遍遍富有节奏地拍打着窗棂。

奶奶说，这么大的风，明天，天气该凉了。

我用被子蒙住头，使劲蜷着身子，缩进被子的深处，奶奶轻轻地用手抚着我的后背，嘴里念叨着，莫怕莫怕，有奶奶在，不要怕……也不知过了多久，外面的风渐渐小了，我已听不到那种撞击心魄的巨大声响，浓浓的倦意涌上来，不一会儿，我就沉沉地睡去。

后来，也不知又过了多久，我似乎听到一种断断续续、上气不接下气、类似那种鸡打鸣的喘息声时，我以为自己是在梦中，睁开眼，天已经亮了，我本能的用手往身后一摸，被子里空空的，我赶紧爬起来回转身，却惊诧地看到奶奶趴在床沿上，大口地喘着粗气，脸被憋得通红，嘴唇却成了可怕的紫色，原来，刚才听到的那种奇怪声音是奶奶发出来的。

我看到她那个样子，吓得放声大哭，奶奶用手指了指门外，意思是让我去叫爸爸，我顾不上穿鞋，一路哭着奔回家去。

奶奶送到医院后，抢救了三天，最后还是因为病情严重没被抢救过来。那一刻，站在奶奶的病床前，我已是欲哭无泪，内心充满了自责和悔恨，让我不知该如何去弥补那夜对奶奶的亏欠。如果，我能早一点发现奶奶

第三辑 深沉感念

的病情，也不至于会让奶奶这么早就离开了人世。

后来，我经常想，那夜，她该经受了多么重的煎熬啊！严重的憋闷让她没法再躺在床上，只好坐起来，最后坐着也不能缓解她难受的感觉，她又艰难地挪到床边，趴在那里大口喘着气。可是她宁愿忍受这么难挨的痛苦，也不舍得叫我起床去喊人，而是直到天亮让我自己醒来……

又是一个冬天到了，我和家人去给奶奶上坟，站在奶奶坟前，阳光透过苍柏的枝条的缝隙，暖暖的落在奶奶的墓碑上，构成了一幅美妙的图画，远远望去就像奶奶望着我时那慈祥的笑脸。忍不住，回过身去，我已是泪流满面。

一份怀念

无私真挚的情感总会让人还念，只是远在另一个世界的你是否会感受到我对你的这份思念？我喝了一杯又一杯，你如果知道我这么痛苦，是不是就不会用这种方式来惩罚我？

我又来了，今天是你的生日。

正值深秋，你坟前长满了大片的芦苇花，它们在风中微微飘扬，洁白曼妙的身姿像极了你生前的样子。

我拿出带来的酒，你一瓶，我一瓶，说好我们不醉不归，你可不能耍赖……记得上次我来的时候，不自觉多喝了一瓶，结果差点没找到回家的路……

回家的路

不远处的杂草里面，有几丛开的正鲜艳的山菊花，小小的花朵层层叠叠流淌出生命的活力，？那多像你灿烂的笑脸，以前你都是这么微笑地看着我，羞涩的神情里面盛满了对我的信任……想到这里，我急忙低下头背过身去，今天风有些大，那些风沙总是会偷偷眯了我的眼睛……

我拿起斟满了酒的酒杯，一饮而尽，我好像听到你说，你慢点喝，我苦笑了一下，然后把你酒杯里的酒也灌到我的嘴里。还记得我们一起上学的那些时光吗？岁月就像是一把漏斗，总是把最美丽的东西筛下来，然后留在我们的记忆里，那时候，你总是喜欢喊我哥哥，你说，我们要好一辈子，永远都不要分离……可是，你怎么会说话不算话呢，招呼不打一个，你就悄悄地离去，到了一个离我那么遥远的世界里……

我知道你是不会原谅我的，那次车祸让我昏迷了几天几夜，睁开眼看到你疲惫而憔悴的脸庞，我那么努力想要坐起身去够你的脸庞，可是全身竟然生不出半点力气，我的沮丧让你有些惊慌，你抱住我说，慢慢来，不要着急，你会好起来的……可是，日子一天天滑过去，我的身体上的伤还是没有任何进展，而你每天下了班那么劳累，还要赶过来照顾我，让我更加焦虑，慢慢地，我开始感到绝望并迁怒于你，我大声喊着让你快滚，你受伤般地望着我，没有理会，只是更加用心地照顾我……

我开始绝食逼迫你离开，我像疯了般地百般羞辱你，驱赶你，你愤怒，不解，最后终于伤心离去，你以为我会找你回来，只是你不知道，我会在你离去的同时，偷偷办了出院手续，搬到一个你没法找到的地方……

我再去找你的时候，已是几年以后，而你也已经因

第三辑　深沉感念

为对我彻骨的怨恨和绝望另嫁他人，我从你落寞的表情里知道你过得不幸福，可是，我却没有理由再为你做些什么，我只有真心实意地祝福你……

我没想到你以后的生活会是另外一个样子，再见你的时候，你躺在病床上已经不省人事，我拼命喊着你的名字，可你静静地躺着，没有半丝反应，怎么会是这个样子？我自责痛苦地撕扯着自己的头发，看到你年迈的父母无助地站在病房的一角，我更加不能原谅自己，原来你早已在几年前就离了婚，你父母说，其实你心里一直都忘不掉我的影子……

我放下手里所有的工作来照顾你，我知道我是欠你的……

想到这里，眼泪又一次模糊了我的视线，我想倒酒，却不小心打翻了酒瓶，那些浓烈的液体慢慢渗进你坟前的泥土里，然后留下了一些湿漉漉的痕迹，就像是我的眼泪，虽然看不见，却湿透了某些别人不注意的地方……

起风了，那些荒草开始往前匍匐，好像在探头寻找着什么，也许直到今日，你都不明白我当初为什么会逼迫你离去，其实，他们那么拼命地隐瞒，我还是从医生那里偷听到了我将永远都无法站起来的事实，医生不告诉你，也许是怕会影响你的情绪，其实我知道，就算我终生残疾，你还是会对我不离不弃，只是我怎么会忍心拖累你一辈子，我给你不了我想要给你的幸福，我只有选择逃离，可是，谁会知道，以后的岁月里我会慢慢康复，只是却永远失去了想给你幸福的机会……

我喝了一杯又一杯，我很想你，你知道吗？如果你地下有知明白我当初的决定，你是否还会用这个方式来惩罚我？

回家的路

让人流泪的父爱

　　父亲是伟大的，父爱是无私的。很多时候，父亲在我们的心目中像是一座山，一棵伟岸的树，很多时候默默无语，但传递给我们的爱却是深沉厚重的。父爱永远是我们生命中不可磨灭的回忆。

　　这次回家探亲，母亲对我说，张勇前几天回来了，和他一起来的还有他的漂亮媳妇，听说张勇现在都是连级军官了，终于熬出头了。

　　母亲絮絮叨叨地说着，我的思绪就如同扯着线的风筝飘到了很远很远……

　　张勇是我的小学同学，也是我家的邻居，他母亲早逝，父亲嗜酒，身体多病且脾气暴躁，经常打他、骂他，逼他干农活和各种家务活。虽然生活困难，还经常因为各种事耽误上学，但张勇的成绩在班里却总是名列前茅。

　　记得那个冬日的夜晚，月光清凉地洒满院子，窗外没有风，但是寒气却灌满了屋外的角角落落。我坐在烧得滚热的炕上看书，正看得入迷，忽然隔壁院子里传来一声闷响。父亲急忙跑了出去，我也想出去看看，却被母亲按在了炕上。我知道响声是从张勇家发出来的，张勇已经三天没去上学了，不知道他家又发生了什么事。

　　过了一会，父亲裹挟着一股寒气回来了，他铁青着脸坐在桌子旁边，抽着烟卷。母亲示意我躺下睡觉，我只得不情愿地躺下。不知过了多久，迷迷糊糊中我听到了父亲和母亲的说话声，从他们的谈话中，我听到了一个令我惊诧无比的消息：张勇不是父母的亲生孩子，而是父母花钱买来的。

第二天吃过早饭，我想快点去张勇家告诉他这消息，想不到刚跑到门口，就看到了早已站在我家门口的张勇。他的半边脸全是瘀青，不时皱皱眉头，用舌头轻轻舔着受伤的嘴角。我心疼得眼泪都流了出来。我劝张勇说，你跑吧，他对你这么狠，肯定不是你的亲生父亲。张勇一句话也不说，只是固执地不断摇头。

后来过了几天，他爸爸就带他离开了我们那个村子。一晃二十几年过去了，我一直没再见到过他。在这期间，听母亲说过，几年前张勇把父亲的骨灰送回来和他的母亲合葬了，自此就再也没回来过。

这次回家能遇到张勇，很是让我惊喜，也许是穿了军装的缘故吧，他看上去英姿飒爽，当然眉宇间已有了深深的沧桑。那天，我们一起走到村子外面的田野里，找到一块高处坐下，旁边的麦田里陡然飞出一群麻雀，三三两两越过我们的头顶，落到对面光秃着枝条的杨树上。

张勇的目光追随着麻雀的影子，悠悠地说道，其实我早就知道我不是父母亲生的孩子，多年前母亲去世，父亲天天喝得烂醉如泥，父亲也许根本就不知道他在沉醉中多次说出了我身世的秘密。在你劝我逃跑的时候，我早就想逃离了，只是苦于无处可逃而已。

我问他后来父亲带他去了哪里，张勇随手捡起一块石子，轻快地抛到了远处说，父亲带我四处寻找我的亲生父母。

最终找到了吗？我急忙问道。

回家的路

找到了，可是他们都已经有了各自的家庭，谁也不要我。他们甚至因为我的出现而再次大吵了一架。你不知道，在我没有见到亲生父母的时候是多么渴望见到他们，我是多么希望自己能像一般孩子那样在父母身边撒娇，可是我实在想不到会是这样的结局。那一刻，我的心是彻底凉透了。后来，我就参军到了部队，父亲也在我当兵的地方住了下来。

许久以来，这段往事一直压在我的心头，我希望通过不停地奋斗忘掉过去，可是越想忘记，越是无法忘记。再后来，我就结婚生子了，我害怕我的孩子也遭受这种伤害，于是我和妻子约定一定要好好爱护孩子，不让他受一点委屈。直到有一天，孩子因为被老师批评了几句就死活不上学啦，我们想批评教育他，可是他同样死活不听，甚至闹绝食自杀，我们实在想不到孩子的性格竟会这样怪异！心灵竟是如此脆弱！我实在无法想象等孩子长大了会是什么样子。

我知道孩子本身没问题，一定是我的教育方法出了问题。多年以来，我一直认为他们对我造成了致命的伤害，现在才明白对孩子溺爱也是致命伤害。现在想来，也许父亲本来就是爱我的，只是我当时无法理解而已。说到这里，张勇早已泣不成声了……

亲亲的娘

在树林坚持不懈的努力下，病情慢慢有了好转，已经能站起来了……那天老娘来给树林送饭，树林突然站

第三辑　深沉感念

起来紧紧抱住了老娘，那一刻，老娘喜极而泣，而树林却也是泪流满面……

娘端着树林爱吃的水饺进来时，树林的眼圈还是红红的。他费力想坐起来，可是身子却怎么也使不上劲。老娘看见急忙过去扶树林，嘴里着急地喊着："别动，别动，我喂你……"

树林吃着饺子，眼泪却顺着脸颊滴落到饺子上。老娘有些心疼："儿啊，你怎么又哭了？不是说以后不哭了吗。"

老娘不是树林的亲娘，但是却比亲娘还亲。

树林记起有病之前，自己曾是五千米长跑的冠军。掰手腕更是自己的强项，在外地做生意的时候，手下那些刚毕业的大学生都掰不过自己。可是一转眼，自己怎么变成了一个废人，躺在床上，不能动，不能跑，连吃饭都要别人给做好端进来……

树林感觉对不起老娘。每次看见老娘给自己洗衣做饭，擦洗身体，收拾房间，树林总会羞愧地低下头去。

树林从小父母早逝，因为没有管束，以前在村里偷鸡摸狗，无恶不作。老娘和树林是邻居，那时家里的养的鸡鸭基本都被树林偷来吃了。可是老娘一直都没有责骂过他。

那次，树林被外村寻来的几十个失主堵在院子里，扬言要打断树林的腿为民除害。老娘不顾年老体迈，跪在地上给树林求情，老娘说："他父母早逝，我是近邻，却没有尽到教导他的责任，所以，要打就打我吧……"

就是那一次，彻底让树林灵魂受到触动，决心洗心革面，改邪归正。

回家的路

树林外出闯荡的时候,从工地的小工做起,不怕累,不怕苦,几年下来手里有了些资金,加上在工地积攒的一些人脉,就成立了自己的包工队。没想到,几年下去,竟然越做越大,后来成立了公司,手下有几百人干活,树林做了真正的老板。

当了老板的树林,首先想到要把老娘接到城里享福,可是,老娘不同意,树林没办法,就在村子里给老娘翻盖了房屋,让老娘安度晚年。

树林娶妻生子,本来以为生活一直会这样风平浪静过下去。没想到,因为平日太过劳累,树林竟然得了一种怪病,四肢渐渐无力,后来发展越来远严重,竟然瘫痪在床,不能动弹。

眼看钱财大把大把的花了出去,病情还是没有改善,身体却一天比一天虚弱,树林绝望之际,逼迫妻子和自己离了婚,解散公司回了老家。

树林想在老屋里自生自灭。

可是从他搬回来的那天起,老娘就一直照顾左右,不离不弃。她就像照顾自己的亲生儿子一般,照顾着树林。

树林的病反复,有时大小便失禁,被褥弄脏了,树林自己都感到恶心,可是老娘没有任何嫌弃,拆洗后,马上给树林换上。

树林看到这些,总是哭了一次又一次。他不想让老娘看见自己颓废的样子,可是老娘看到他紧缩的眉头,总是安慰他,好好配合医生治疗,会好起来的。那时候,村里的医生每天都被老娘请来给树林针灸,树林在老娘的悉心照顾下,情绪慢慢好转,身上也比以前有了些力气。

第三辑　深沉感念

树林突然醒悟，自己拖累老娘这么久，如果就此颓废下去，那就太对不起老娘的照顾了。从此以后，只有打起精神，把病治好，才能有机会报答老娘的恩情。

树林不再轻易掉眼泪，每日醒来都按照医生的嘱托，开始做康复锻炼，刚开始的时候，下不来床，他就自己摔倒地上，然后爬到院子里，练习自己的臂力和腿力……日复一日，年复一年，院子里的土地都被他磨成了一面光滑的镜子，身上的衣服也不知磨破了多少，可是，树林却一点也没退缩，他现在心中只有一个信念，那就是好好锻炼，尽快好起来，好报答老娘。老娘一天比一天老，树林不愿意老娘带着失望离去。

或许功夫真的不负有心人。在树林坚持不懈的努力下，病情慢慢有了好转，已经能站起来了……那天老娘来给树林送饭，树林突然站起来紧紧抱住了老娘，那一刻，老娘喜极而泣，而树林却也是泪流满面……

和老娘并肩站在院子里，在明媚的阳光下，树林仿佛又看到了以前意气风发的自己……

小院里的幸福

志伟看到爷爷脸上刀削般的皱纹，深邃而清晰，花白的胡须飘在胸前，那都是岁月溜走的痕迹，这让志伟如何忍心惹爷爷不高兴……志伟的孝心让我们赞叹，可爷爷又会怎么做呢？

志伟这几天心里一直惦记一件事，可是他对谁也

回家的路

没说。

他早上陪88岁的爷爷喝茶的时候，就显得心事重重，可是爷爷问他，他只是望着院子里那棵古老的枣树，摇摇头，冒出了一句："枣快熟了吧……"

志伟从小是爷爷带大的，所以，他最尊重的就是爷爷，只要爷爷高兴，让志伟干什么都行。

志伟喝完茶又去了村子前面的工地上转了一圈，那些二层楼房已经开始建了，来年春天就可以入住了，想到住在楼里的舒服感觉，志伟不禁有些向往，他点上一支烟，看着那些张牙舞爪的大铲车忙乎的样子，把对楼房的热情压在了心底……

志伟回到自己家的时候，支书已经在志伟家里等着了。

他盯着志伟看："你想好了吗？如果不要的话，我就把名额给别人了……"

志伟问："我再想想吧，因为爷爷还是想住在老房子里，不想搬新楼里去住，如果他不想去的话，我也不搬了，和爷爷住在一起，照顾他还方便……"

支书听了点点头："你还是那么孝顺，行，那我先去问别人……"

支书掐了烟走了。志伟看着院子里的梧桐树花，铃铛般地挂了一树。

志伟像没事人一般，又去了爷爷院子里喝茶。

支书几天前就找过志伟说，你去做做你爷爷的工作，只要他把他的院子让出来，你们家马上就可以分一套别墅楼房。志伟知道支书说的别墅楼房，就是村子前面正在兴建的那一大片，那里地段好，空气也好，是居住的好地方。

> 第三辑　深沉感念

可是和爷爷面对面坐着喝茶，志伟却什么都没和爷爷说，因为爷爷以前说过，他要在这个院子里终老，这是他和奶奶居住了大半辈子的地方，小院里有爷爷太多温馨美好的回忆……

志伟看到爷爷脸上刀削般的皱纹，深邃而清晰，花白的胡须飘在胸前，那都是岁月溜走的痕迹，这让志伟如何忍心惹爷爷不高兴……

志伟和爷爷谈棋，谈茶叶采摘，谈花生的收成，谈山上茂密的松树林，可是志伟一个字也没提楼房的事情。

爷爷在小院里种了很多瓜果树木，每个季节都有时令的水果吃，爷爷就像是一头不知疲倦的老黄牛一样，辛苦劳作，任劳任怨的干了一辈子，自己都已结婚生子，四世同堂，按说爷爷应该歇歇了，可是，每日清晨，硬朗的爷爷都会起床去地里溜一圈，这让志伟更加尊重。

志伟闲着的时候，总会给爷爷讲一些新闻，只要看到有什么国家大事出来，志伟都会马上告诉爷爷，时间久了，爷爷也会和志伟讨论一下国家的一些政策，特别是近几年，一系列对农民的优惠政策出台，更是让爷爷激动不已，他总会对志伟说："孩子，我们真是摊上盛世了，就好好干吧，将来的日子会越来越好的……"。这时候，志伟总会点点头，爷爷沧桑一生，世事历遍，他的话是不会错的……

支书又找来的时候，别墅群都快竣工了。志伟正和爷爷在那棵茂密的枣树底下下棋，车马穿梭，正战的大汗淋漓。支书站在后面好一会，俩人也没发觉。志伟抬头看见支书，以为还是说那件事，赶紧使眼色，意思是别让爷爷知道那事。

不料支书却突然哈哈大笑起来，他说："今天我来

回家的路

是告诉你们一件好消息的,你们赶紧把这盘棋下完,一会给我冲壶好茶,哈哈……"

志伟知道支书好开玩笑,但是知道不是因为那件事,也就放心了,赶紧收拾了棋盘,去给支书泡了壶好茶。

支书拿出一张表让志伟填写,然后回过头对爷爷说:"你有一个好孙子,他的孝心连我都佩服",然后又回过头对志伟说:"你也有一个好爷爷,以后要更加孝顺……"。

志伟拿过表一看,原来是村里楼房授权书,志伟有些纳闷,他问支书:"我没有要楼房啊,为什么要我填写这个",支书说:"你为了不让爷爷不高兴,所以没要楼房,可是爷爷却瞒着你偷偷找到我,答应用院子给你换那套楼房……"说到这里,支书停顿了一下,看着志伟疑惑的眼神接着说道:"上级党委政府知道你们是四世同堂,又知道你们家庭这么和睦,是敬老爱老的表率,所以最后和村子里商量,破例给你们免费批了这一套楼房,算是村子里赠送给你们家的……而爷爷的院子还给你们留着不动……"

志伟拉着爷爷的手,直到支书走远也没有松开……志伟感觉一份幸福一层层从心底深处溢了上来……

流淌着的爱

文中的父亲是让我们佩服的,他的爱不露声色,却是世界上最伟大的父爱。当儿子知道真相后,会是怎样一种心情呢?所以,他不知道当那个年迈的身影认出他时，他该怎么面对那苍老的面容。

　　天已经黑了。

　　一个脚步蹒跚的人从他身边走过后，突然停下了，一直佝偻着的身子慢慢直起。他从口袋里掏出来一个折叠的蛇皮袋子，拿在手里。

　　路灯亮了。灰黄的灯光透过法桐叶子的缝隙落在他花白的头发上，他看见那人伸出手，抹了一把脸上的汗水。

　　前面就是车站了。他是按照信上的地址找到了这里的。他是上个星期收到第一封匿名信的，当时他刚刚从操场上打完篮球回来。宿舍的好友说，有你的信，我给你捎回来了……

　　他一愣，是本市一家报社的专用信封，上面的确写着他的名字，只是字迹陌生得很。

　　信中嘱咐他要好好学习，不要辜负那个供他上学的人……当时他的心急速地跳起来，确定这个写信的人就是那个一直给他寄钱的人。

　　三年前考上大学的时候，年迈的父亲低着头，坐在院子里，半响没有说话。他知道，家里实在拿不出供他上学的费用。

　　那一刻，他对父亲是有怨恨的。

　　他争取到了助学贷款，并把生活费降到了最低标准。

　　开学不久，他突然收到一笔汇款，汇款单上没有具体地址，名字也是化名。

　　汇款虽然不多，可是隔几个月就寄一次，维持生活还是够了。他不再为生活费而发愁。只是他一直为不知是谁给他寄的生活费而烦恼。

　　第二封信在他还没反应过来的时候又寄来了。

回家的路

信上说，我不是那个给你寄钱的人，但是我却知道那个寄钱的人住在哪里，虽然我不知道你俩的关系，但是我却知道这个人是世上最爱你的人……信的最后注明了本市的一个地址。地址上说，那个人就住在这里。

当时，他等在那个路口，时间一秒秒滑过去，街上行人渐渐稀少，陪伴他的只有脚底下偶尔落下的片片枯黄的树叶，附近没有能住人的居民区，不远的建筑只是一个车站而已，此时，车站也很冷清，根本没有几个人出入。

他抬头望一眼车站，冷清清的，怎么会有人住呢？苦笑了一下，准备回去。

刚要转身的时候，忽然发现对那个人有些熟悉。

那人好像没有发现有人一直跟在他的后面，他走走停停，路边不远处就有一个垃圾桶，这是他停下的原因。他的头闷在那些硕大的垃圾桶里，认真地翻着什么，有好几次，他看到那人摇摇晃晃地站起来，好像都要摔倒的样子，他都忍不住想要过去扶一把。

终于，那人把这条街的每一个垃圾桶都翻找了一遍后，手里的袋子鼓了起来，他又顺着原来的路往回走，来到他最初发现他的那个路口，亮眼的霓虹灯依旧闪烁，车站内，候车大厅的灯也还亮着。他背着袋子，往里走去。

这一路，他几次想赶上前去，可是，他不知道当那个年迈的身影认出他时，他该怎么面对那苍老的面容。

车站内的长椅上，他和衣而卧。

不远处有个车站的工作人员，他过去询问那人的情况，他们说：这个人已经在这里住了好几年了，开始的时候，他们不同意他住在这里，后来，有个晚报记者了解到他的情况后，去找站长求了情，才允许他在这里借宿的，他白天要去建筑公司打零工，晚上下了班接着捡

第三辑 深沉感念

垃圾……听说他有个儿子正在上大学，急着用钱……

没等工作人员说完，他就疯了般朝那人跑去，眼里的泪水也早已流了一脸……

谎言里的爱

十多天后，孩子痊愈了。凌玉的前夫给孩子办完出院手续后，径直来到凌玉的办公室，站在凌玉面前，语气冷冷地说，现在我有儿子了，你想让我绝后的目地达不到了！

凌玉走进医生办公室，把门轻轻关上，外面走廊里的噪杂声顿时小了很多。

她无力地坐下来，盯着桌子旁边那几株长得很茂盛的富贵竹。富贵竹长长的根须互相缠绕着漂浮在透明的玻璃花瓶里，凌玉不由得叹了口气，这乱作一团的根须多像自己此时的心情啊！

没等凌玉把目光从富贵竹上收回，办公室的门被忽地推开了，凌玉的同事丁大夫抱着一摞病历夹，三步并作两步地走到凌玉面前，关切地问，你没事吧？看凌玉没回答，她叹口气拉把椅子坐下，满眼怜惜地望着凌玉说，真替你感到委屈，你那前夫也太过分了，生个儿子也不用来这里显摆啊！刚才主任告诉他，孩子只是普通肺炎，不用住特护病房，可你前夫非要让孩子住，而且一再强调，就住你分管的病房……

丁大夫越说越气，抬头才看见凌玉脸上已有大颗的

回家的路

泪珠慢慢滚落下来。丁大夫自觉不该说这些话，又赶紧好言安慰她，凌大夫，别怪我多嘴，我是真替你感到委屈，当年你丈夫在外面找小三生儿子，你不吵不闹痛快地和他离了婚，你自己带着女儿，生活多不容易，他不但心中没有愧疚，现在还带着孩子来刺激你……

日子缓缓地流着，孩子在凌玉的治疗下，一天比一天健康。虽然那个小三看她的眼神还是喷着一股火，可是孩子却很喜欢凌玉，看见凌玉来了，总是咯咯地笑着，然后伸出胖胖的小手去捉她胸前的听诊器。而这时，孩子的爸爸总是挺着个啤酒肚，傲慢地望着凌玉，眼神里透出不加掩饰的得意。面对这些，凌玉只是泰然处之，检查，看病历，下医嘱，每一件事都做得有条不紊。

十多天后，孩子痊愈了。凌玉的前夫给孩子办完出院手续后，径直来到凌玉的办公室，站在凌玉面前，语气冷冷地说，现在我有儿子了，你想让我绝后的目地达不到了！

说完，不等凌玉有所反应，就转身走出了办公室，留下凌玉独自呆立在那里。不知为什么，凌玉忽然感到彻骨生寒，这种冷和周围的环境没有任何关系，而是从心底透出来的，一阵冷似一阵，直到哆嗦得站立不住，最后一屁股倒在椅子上。

记得离婚前，丈夫把凌玉偷偷藏起来的两次打胎的病历狠狠地摔在她面前，大声吼道，你这个骗子，你说你流产是因为劳累过度所致，原来你是故意这么做的。说到这儿，他突然伸手揪住凌玉的衣领，咬着牙说，我知道你不喜欢男孩，所以你是因为怀的是男孩才去打胎的，对不对？你这个狠心的女人……面对近乎失去理智的丈夫，凌玉自觉理亏，她好不容易才从丈夫手中挣

第三辑　深沉感念

脱,可怜兮兮地缩到沙发的角落里,低着头,任他狠狠地骂……

半年后,凌玉辞职到了另一所城市,新工作的这家医院虽然比以前那家三甲医院小了许多,可是能帮凌玉解决住房和孩子上学问题,这让凌玉很是满足。

这天,凌玉刚上班,突然接到了前夫打来的电话,他明显没有了以前的那种傲慢,而是用很小的声音说,凌玉,我好不容易才打听到了你的电话。我想问你个问题,我现在陪着她在医院做检查的,她又怀孕了,医生抽了羊水化验,说孩子的健康状况有问题,是一种染色体异常的家族遗传病。他说到这里,停顿了一下,又难过地说,大夫说这是一种隔代遗传病,只遗传男孩……你是大夫,我的身体状况和健康状况你很清楚,你说大夫说的是真的吗?

电话这头,凌玉已是泪流满面,她没有回答前夫,而是以有事为借口匆忙挂断了电话。其实,她是怕自己会控制不住而哭出声来。她想起了她那两次痛苦的堕胎经历,当时她正是因为担心孩子有这方面的疾病才背着丈夫狠下心来堕胎的,同时她也想起了一个她不知该不该和前夫说的秘密——那个总爱捉她听诊器的可爱男孩,从他住院时化验的血型上,凌玉早就知道,绝对不可能是前夫的亲生儿子……

让我照顾你……

"他终于还是对她说出了心里话,他说,我俩一起过吧,我想给这个孩子当父亲……这番话如惊涛骇浪般

回家的路

差点把她击倒……"我想遇上这样一个有担当的男人该是多么幸福……

那段时间，她不知道该怎样活下去。丈夫和她离婚没几天，她突然发现自己有了身孕。

她每天在痛苦的纠结和强烈的反应中苦苦挨着，她自己都不知道能否撑过这段日子……

很多人劝她打掉这个孩子，可是一次次，她徘徊在医院的门口难以下定决心。

他委婉地劝解她，要是不舍得就留着吧，毕竟是一个生命啊……接着给她寄来了一整套育儿书。

她有些惊讶，自己和他并不熟悉。印象中，他在学校的时候，总是沉默寡言，平时很少和同学们在一起玩闹，更多的时候，他总是默默地坐在教室的角落里看书。毕业后，她早早地结婚，而他却一直单着。上学时他们压根没说过几句话，毕业后，虽说都在同学群里，两人也几乎没单独聊过一句话。

她觉得对他这么冷淡，是不礼貌的，就开始和他打招呼，并对他寄来了书表示感谢。

他的反应淡淡的，好像做这些事是很平常的。不知道为什么，她突然对他有了很强烈的倾诉欲望，从刚毕业到结婚，然后是踏进婚姻后那种种的不如意，还有发现有了身孕后的两难境地……直说得她泪珠纷飞，哽咽不已。

他从另一个城市赶来看她的时候，已经是他们那次聊天十多天以后了。

她很热情地招待了这位"不速之客"。近距离地接触，他也许更加透彻地看清楚了她窘迫的近况。当他离

第三辑 深沉感念

去的时候,她赫然发现了不知道什么时候他放在她包里的那笔现金。

那一刻,她虽尴尬,但却从心底深处升起一丝暖暖的感觉。毕竟,在自己最落魄的时候,还有人肯帮助自己。

她对他有了深深的感激,而他也更加关心她。她有些不安,却无法拒绝。

他终于还是对她说出了心里话,他说,我俩一起过吧,我想给这个孩子当父亲……这番话如惊涛骇浪般差点把她击倒……

他也许感受不到她的惊讶,他笑着说,其实,我有不孕症,所以没结婚,而你离婚后又不舍得打掉这个孩子,所以,我做这个孩子的父亲是再合适不过的了……

她突然觉得这是老天派来拯救她的天使。

婚后,他对她是一如既往地体贴照顾。她知道自己亏欠他的,所以极尽温柔,俩人的感情在日复一日的相处中,愈发深厚。

前夫找来的时候,已经是五年以后了。那是一个秋日的午后,她点的菜,他只是静静地吃,满意地看着她脸上的幸福笑容,他们几乎一句话都没有说。临走时,他突然又折回身说,看来他兑现自己了诺言,他会对你和孩子好一辈子的,我当初没有看错人,你好好待他,他是个好人……

她愣在那里,看着那个身影越走越远,有些不知所措和莫名其妙……

他回来的时候,她说了前夫来过的事情,他并没有多么惊讶,只是淡淡地说,看来他表现不错,提前出来了……

她终于找到了前夫所住的地方。

回家的路

前夫说，当初，我犯了事，正好是你的这个老同学做辩护律师，他知道了我们的关系，又通过你的同学了解了你的近况，知道你怀孕的事，所以，我才请求他以后的日子多照顾你，可我没想到，他会和你结婚，并且说自己不孕……

我们一直在

当水秀知道已经有人帮他们付了医疗费的时候，已经过去了好几天。水秀有些惊讶。特别是刚子的手机频繁来信息提示自己的银行卡有钱打入的时候，更是让水秀手足无措。

水秀抱着孩子上街的时候，刚子已经睡着了，她把病房的门轻轻关上，刚子疼了一夜，这会稍微好一点，水秀希望刚子能多睡一会。

大街上人川流不息。城里比乡下热闹的原因也许就是因为人多吧。水秀这么想的时候，就跳上了一辆刚到站的公交车。

孩子在她怀里咯咯笑着，第一次坐有这么多人的车，让她感到新奇又兴奋，她把脑袋探出来，小心翼翼从妈妈的怀里往外看，旁边座位上有个青年看孩子可爱，朝她扮了个鬼脸，惹得她赶紧把身子缩回来，不一会因为忍不住诱惑，又探头出去，几次三番下来，竟让水秀有些恼了，她一把把孩子按到怀里，不准她在闹腾，孩子感觉到了水秀的气恼，乖乖地不敢再动。

第三辑　深沉感念

水秀看孩子听话的样子，眼泪像是断了线的珠子一般滚落了一地。

走了许久，车上的人差不多都走光了。水秀鼓起勇气问司机："师傅，请问闹市区在哪下车？"

师傅没有回头，随口答道："前面一站就是。"

水秀先找到一家打印社打印了她需要的东西，然后背着孩子去了热闹的街口。

她狠狠地亲着孩子，孩子不知道水秀要干什么，看水秀跪下，她也跟着跪在水秀旁边，看水秀高举着一张纸，孩子也想拿，但是被水秀用眼神制止了。

不一会，周围已经围满了人。他们着急地互相询问着什么，有的人已经忍不住抱起跪着的孩子，并责问水秀为什么要这么做，因为水秀高举着的纸上写着"卖女救夫"几个醒目的黑体大字。

水秀只是哭，哭完了开始诉说丈夫工伤，包工头失联，自己实在拿不出丈夫需要的巨额手术费的无奈。

水秀哽咽着说："丈夫昨夜因为骨折疼痛，一夜未睡，自己这么做也实在是没有办法。"

众人听完水秀的哭诉，唏嘘不已，他们安慰水秀，有困难大家一起想办法，但是却万万不能卖孩子。

不知道是谁通知了报社的记者。

记者赶到的时候，众人都已经离开，水秀的旁边放着他们刚才从口袋里掏出的钱。

水秀没想到世上还有这么多的好心人，她面对记者时有些惊慌，她说："我只是想把孩子卖了救我的丈夫，我没想出别的办法……"说完又哭了起来。

没想到等水秀赶回医院的时候，医院已经为丈夫做了手术。医生说："先保命要紧……"，然后低头忙着

回家的路

处理病号，没时间和水秀细聊。

当水秀知道已经有人帮他们付了医疗费的时候，已经过去了好几天。水秀有些惊讶。特别是刚子的手机频繁来信息提示自己的银行卡有钱打入的时候，更是让水秀手足无措。

记者那天曾问水秀要银行卡号，说帮她在报纸上呼吁一下，并把银行卡号留在报纸上，希望能有好心人帮助他们，难道是报纸的报道起了作用？

水秀拿着银行卡去了银行，当银行的工作人员告诉水秀，里面的余额已经达到100多万的时候，水秀扶牢了银行的柜台，才没有一屁股坐在地上。

这时候，老家的乡亲也拿着报纸找到了刚子住的医院，他们责怪水秀想要卖孩子的念头，也责怪她遇到困难不和他们说的行为，刚子和水秀惭愧地低着头，不住地道歉。

刚子焦急地联系到记者。记者来后，刚子说："我治病的钱已经够了，我希望能把这些好人捐赠的钱捐出去给那些需要的人……"

水秀抱着孩子要给记者和乡亲们跪下，被众人挡住，记者说："记得，有我们在……"水秀点点头说："孩子，记住长大了一定要做个好人……如果不是因为有这些好人，妈妈也许现在已经见不到你了，而你的爸爸或许也已经残废了……"

孩子好像已经听懂妈妈的话一样，咯咯地笑着，纯净甜蜜的笑声传出很远很远……

第三辑　深沉感念

倔强父子

在商场摸爬滚打这么多年，事业虽然蒸蒸日上，他的内心却越来越孤独，对她思念也与日俱增，这也是他突然决定组织这次聚会的原因。他的眼睛一直在人群中搜索着，他渴望她能来。

快到市中心的时候，他把宝马车找个路边停好，然后拿出事先准备好的民工衣服换上，这才坐公交赶到那个五星级大酒店。

他没理会酒店门童疑惑的目光，直接乘电梯来到预订好的大厅。大厅内人声鼎沸，同学们已经来了不少，他找了个角落坐下，谁也没注意他的到来。他听到同学们都在议论，这次聚会是谁做的东。

这次聚会是他让秘书悄悄策划和组织的。大学毕业后，大家各奔东西，转眼十几年已经过去了。这些年，他一直没联系过任何同学。也许，他在同学们的眼里，还是当年那个性格倔强、行为乖戾的人。

在商场摸爬滚打这么多年，事业虽然蒸蒸日上，他的内心却越来越孤独，对她思念也与日俱增，这也是他突然决定组织这次聚会的原因。

他的眼睛一直在人群中搜索着，他渴望她能来。

当年她家境贫困，父亲一直对她家照顾有加，她和他青梅竹马，高中毕业又考取了这座城市的同一所大学。大学期间因为两家的渊源，他心安理得地接受着她的照顾。

回家的路

突然，她苗条的身影从他身边闪过，他心中一慌，但还是站起身，他期盼她能发现自己。他看着她微笑着和同学们打着招呼，还是当年温柔的样子……终于她的目光落在了他的身上，先是惊讶，继而惊喜，随即急急走过来，他装作不经意地看了她一眼，脸上平静如昔。

她没有在乎他的冷淡，从她的表情上，他可以看出她发现自己后的那份震惊，她眼神掠过自己一身落魄的打扮时，竟然注满了忧伤和心疼，她质问他这么多年去哪儿了。面对她的质问，他内心翻江倒海，脸上却波澜不惊。

不知为什么，一种疼痛感瞬即灌满了他的全身，他的身子也不由自主地晃了一下。他稳了稳情绪冷淡地说，你玩吧，我先回去了。说完，不等她有所反应，他已快步走出门外。

他听到她追出来的脚步声，就像大二暑假过后开学的那天，他突然发现夹在她书里的那张照片后，她也是这样追自己的。那是他经商的爸爸和她寡居多年的妈妈一起游玩时的合影。他惊诧之余，脑子里乱成一团，对她母亲和爸爸的关系，此前他虽然有所耳闻，但一直半信半疑。妈妈刚去世时，爸爸曾答应他，这辈子不再和别的女人交往，要和他相依为命的，为什么他会变卦，而且是和自己女朋友的妈妈……

从此，他对父亲的恨，在心里扎了根。渐渐地，这种恨也转移到了她和她母亲的身上，他认定她们都是贪图富贵的人。毕业后，他毅然决然地去了一座离家几千里的小城，并在那里独自创业。经过几年闯荡，他终于有了自己的事业。

离家之后，他一直不愿和父亲正面接触，只是通过父亲的秘书悄悄了解家里的情况。他知道父亲一直过得

第三辑 深沉感念

很好，就一直没有回家。

追上他后，她挡在他的面前，上气不接下气地说："你真绝情，难道连自己的父亲都不要了？"她涨红着脸，眼睛像要喷出火一般望着他。他转过身去，不肯回答，她突然蹲下哭了起来……

他顿时六神无主，不知所措，印象中，他从没见她哭过……

他跟她回到家，当年因为他的离家出走，父亲突然中风，此后虽说基本治好，但几年前又瘫痪了。她母亲因为照顾他父亲，操劳过度，几年前也去世了。此后她接替了母亲，一直照顾着他的父亲。

他父亲性格甚至比他还要倔强。他刚出走的时候，觉得不让他了解真相，更有利于激发他的创业潜能。真正生病了，又不愿让儿子看到自己的病中的样子，再加上怕影响儿子的事业发展，就坚决不让别人告诉他真相，所以他从父亲秘书那里得到的信息很多都是假的。

父亲睡了，床头上有一本他以前在家从没见过的影集，影集里，是当年父亲和他的初恋情人相依相伴的留影。

她站在身后已哭作了一团，她说，我母亲爱了你父亲一辈子，终生未嫁，而我，只是她的养女……

他泪流满面地把她拉进怀里。

麦浪滚滚

他是来找自己曾经有过婚约的情人的，可是在这个深宅大院里，他能实现自己的愿望吗？三姨太会是他要

回家的路

找的人吗？最后的结局又是如何呢？

他抬头，看见三姨太坐在地头的藤椅里，眼睛望向远处，旁边服侍的丫环一边撑着伞，一边端着茶壶，小心翼翼地等着为她续茶。

夕阳的余晖落在她的身上，好似给她镶上了一圈金边，他不禁多看了几眼。这时，三姨太突然回过头望向这边，他俩的眼神没有防备地撞在了一起，他慌忙低下头，挥起镰刀，大片大片金黄的麦子就倒在了他的脚下。

夜深了，躺在主家后院的厢房里，麦客们起起落落的鼾声扰得他睡不着觉，他索性坐起来，睡一旁的三叔翻下身，嘴里鼓囊出一句话："那三姨太不是你能养的女人，安生睡吧……"

第二天，三姨太再去地里，他便不再抬头看她，他眼里只有滚滚的金黄色的麦浪翻腾着。中间歇息的时候，二狗悄悄地说："你说我们主家都那么大年纪了，屋里看三个女人，他用得过来啊……估计那三姨太不是来监工的，她是想男人了……"没等二狗说完，他的拳头已经重重地砸了过去……

三姨太没问他们为什么打在了一起，她让身边的小红送信给他，让他下了工去她房里说话。站在三姨太面前，他突然就涨红了脸，头都不敢抬一下，三姨太绵绵的声音传进耳朵里，从明天起你别去地里了，就打扫几天后院吧！

他想和三姨太说，他不想在这里干，他要回家，话没出口，抬头看见三姨太嫩滑的脖颈上挂着的那串紫红色的珠子，又生生地咽了回去。他用手抚摸着自己手腕上和这配对的另一串珠子，叹了口气。抬起头看见三姨

第三辑　深沉感念

太一边用眼瞟他手上的珠子，一边娴熟地拿起桌子上那杆长长的大烟杆，身边的小红急忙走上前点了火……他突然心中一堵，找个借口，走了出去。

他在主家安安稳稳地住了下来，麦收已经结束了，同来的伙伴们也早已回家。三姨太对他的好，已经让主家上上下下都有了非议，有人去和主人嚼舌根子，这个前清的武举人坐在太师椅上，捋着山羊胡子微闭着双眼，不作声，来的人说得多了，他忽然瞪大双眼，厉声呵斥一句，再给三姨太泼脏水，看我不打断你的双腿……来人就慌慌地退了下去，此后再没人敢说半句。

他做完自己分内的事，就拿个凳子坐到后院的槐树底下，望着前面楼上的窗户发愣，那是三姨太房间的窗户，他在等着小红打开窗户招呼他上去，可是小红却从此很少打开窗户，哪怕开一丝丝的缝隙都没有，他黯然地低着头，脑海里浮出上次小红找他的情景。他叹口气，还是想着走之前去和她道个别。

三姨太斜躺在床上，吸着烟，看见他进来，并没有要起床的样子，他只好站着，头也不敢抬一下，过了一会，三姨太幽幽地冒出一句："你都连着来三年了，我知道你为什么来……"

他心中陡然一惊，知道三姨太早已认出他。

三姨太坐起来把烟杆放到桌子上，突然红了眼圈，我想跟你走，可是你一年的工钱都不够买一杆大烟的……

他不知道该怎么说，拳头在口袋里紧紧攥在了一起，憋红了脸，迟疑半天，终于开口："你参临去世时说，当年卖你是被逼无奈，怕你继续留在家里会被饿死，但并没想靠你带来大富大贵……其实主家带你不薄，咱也

105

回家的路

不能做愧对他的事,只是,我们是穷苦人出身,什么时候都不能忘本……"

一口气说了这么多,抬头看看三姨太没什么反应,他犹豫一下又说,我俩从小定了娃娃亲,婚约虽然已经解除了,但是你放心,以后你还是我的亲人……

走到门外,泪水不觉已流下两颊,现在终于可以去她父母坟前告慰他们的在天之灵,他已帮他们找到了女儿。

三姨太摘下脖子上的那串珠子,让小红追上他,塞到他的手里。

屋里,三姨太已经哭得泣不成声:"好姐妹,你在那边安息吧!我已经帮你完成夙愿,让来找你的人误以为你还活着,给他们一份希望……"

冬去春来,转眼之间,又到了麦收的季节。麦浪滚滚,无边无际。成群的麦客从四面八方涌来,三姨太还是会来到田头督工,只是麦客中再也没有了他的影子……

相伴到老

在这个物欲横流的社会里,有很多感情因为钱财而反目成仇,甚至大打出手,有很多夫妻也因为丁点利益翻了脸,甚至闹上法庭……所以文中老夫妻的感情看完让我们感慨万千,唏嘘不已……

老汉卖完今天捡拾的最后一车废品,数了数手里的钱,不自觉地笑了。

第三辑　深沉感念

回去的路上，天还未黑，路边的卤肉店正在营业，老汉走到店门外，犹豫了一会，还是进去很奢侈地称了半斤卤肉，外加一瓶高粱酒。

推门进去的时候，老伴正低头在昏暗的灯光下缝补衣服，旁边窝峰煤炉上炖着晚饭，大米粥的清香弥漫了这间低矮的小平房里。

老汉扬了扬手中的卤肉喊："老伴赶紧找个碟子，我今天买卤肉了呢……"

老伴责怪地看了一眼老汉手中的卤肉轻声说："又乱花钱，过几天这间屋子就要拆迁了，我们还要留着钱买房子呢……"

老汉嘿嘿笑着："今天多卖了十多块钱，改善一下生活，况且你前几天不是说想吃卤肉了吗？"说完凑到炉子旁边，点燃了手中的旱烟袋，不一会，烟雾混合着米汤的雾气潮湿了老伴的眼睛，她赶紧一边用袖子擦了一把，一边把卤肉切了放在饭桌上。

夜晚，寒风透过窗户的缝隙钻了进来，老汉往里面的老伴身上靠了靠，她身体一直不好，虚弱怕冷，年轻时就这样，为此老汉一直想让老伴住上明亮的、阳光充足的房子……这么多年老伴跟着自己真是遭罪了……想到这里，老汉心中不禁叹了一口气，还好，这一块马上就拆迁了，到那时用手里的积蓄可以买一个小一点的新房……

天还未亮，老汉已经起床。

晨曦微露，马路上晨雾缭绕，老伴追出来给老汉加了件衣服，她叮嘱："别老是干，歇着点，都一把年纪了，知道了吗？"老汉听着这些暖心的话，装作不在意的样子，着急地摆了摆手，示意老伴赶紧回去，别耽误自己

回家的路

做生意。

附近这几个小区的废品,这几天已经收购得差不多了。老汉想去远一点的地方看看,他蹬着人力三轮车吃力地赶着路。还好,等他到的时候,那些老主顾看见他来,不用他吆喝,都自己主动把要卖的废品码好,给他送过来,老汉看着越堆越高的废品,不禁欣慰地笑了。

"今天可以早点回家了……"老汉歇空抽烟的时候心想。

老汉欢快的脚步牵住了夕阳的尾巴,等老汉推门进家的时候,天还大亮呢,老伴看见早归的老汉,赶紧生火做饭。

"老头子,你看见街口的通知了吗?听说像我们这样的条件,等拆迁完了,不用花钱就可以给咱们分一套楼房呢?……"

"真的?"老汉一口烟差点呛着,赶紧把旱烟嘴从口里拿出来,忙不迭声地问。

"是真的呢?我们摊上的社会好啊……"老伴答道。

老汉站起身,兴奋地在屋里走来走去,因为激动,手里的旱烟杆不住地颤抖着,看的老伴一个劲地偷笑。

一夜未睡。

早上起来,老汉说:"我今天不干活了,我也休个班,领你逛商场去……"

老伴不答应,可是吃过早饭,还是硬被老汉拉到了那辆人力三轮车上。

商场里,人声鼎沸。

老汉拉着老伴的手来到了卖首饰的专柜。

老汉指着玻璃柜里的一枚钻戒问满面含笑的营业员:"闺女,给你大娘找枚试试……"

第三辑　深沉感念

老伴和营业员都张大嘴巴。

老伴更是像受了惊吓一般问："老头子，你疯了啊！"

老汉说："我没疯，现在有新房子住了，我们就不用愁钱的事了，所以，我就想给你买一件结婚时欠你的东西……"

老伴的泪水打湿了老汉的手背，心中却溢满了蜜一般的感觉……

违章背后

老公还是会去'御都兰庭'，车子依旧停在那个地方，有一次，我竟然看见老公朝着楼上的某扇窗户招手，只是玻璃反光，我看不见窗户后面那个人！

晓琳打来电话的时候，我正在电脑前"啪啪"敲着键盘码字。

她的声音超大分贝地在电话那头传来："你整天窝在家里，也不出来看看，你知不知道你家的车因为违章已经被罚款了……"

我有些无动于衷。"谁的车还不被罚几次啊……况且我家的车罚款，你怎么知道？"我语气轻缓地回话。

"啧啧……你可真有钱，一个地方因为违章停车竟然就被罚了五次，你还如此波澜不惊……"我心一动："五次？也太多了吧！"

"是啊，我还以为你不在乎呢？你家车违章的地点在'御都兰庭'，自己来看吧，交通部门现在公开违章

回家的路

信息，大家都在看呢……"晓琳后面的话，我没心思再听下去，倒是'御都兰庭'这四个字让我脑子闪过一丝疑惑，上次朋友打电话说看见我家的车了，问我把车停在那个地方干嘛，说的那个小区名字好像也是叫'御都兰庭'……

是不是交通部门搞错了。

老公今天下班早。进门的时候，他忽然抱了我一下，淡淡的烟草味混合着男人独特的味道钻进我的鼻子，沁入心底。我一直喜欢他身上的味道，这种味道让我着迷。

谈恋爱的时候，他总会霸道地把我拥在怀里，动也不让我动，他说："你是我的，谁也抢不走……"

我们一直相亲相爱，像是好成了一个人。

我没有提车子违章的事情。

阳光像是偷懒的孩子，藏在云彩里面不肯出来，天空灰蒙蒙的像极了我的心情。

老公的车从公司开出来，往离家相反的地方驶去，我像是自己小说里虚拟出来的侦探一样，随手打了辆车跟在后面，我的心蹦蹦乱跳，按小说里的情节发展，老公应该是见情人去了。都说婚外恋是会遗传的，想到这里，我突然陷入了多年前的旋涡里爬不出来，多年前，我的母亲也做了别人婚姻里的第三者，还让人家离了婚，最后自己却只身去了外地。而我的父亲因为恼怒直到去世也没有让母亲回家。

而我和父亲一样至今恨着这个没给我母爱的女人。

只是那个被母亲毁了婚姻的男人就是我老公的父亲，也就是我的公公。这件事，我知道，而老公一家却不知道。老公和我说，公公婆婆离婚后又再婚，日子过得很好，直到婆婆前几年去世。

第三辑　深沉感念

车子像一条鱼一样滑到了'御都兰庭'前面的马路上。

'御都兰庭'里面应该有停车场，老公为什么要把车停在这里？难道他不知道这里是要罚款的吗？我忍住疑惑，看着老公下了车，走进了那个小区。

等到老公出来，已经是一个小时以后了。我忍住心痛一分一秒等着时间流逝，我仿佛感觉到了钟表的表针行走时，划过我心脏时的那份痛楚。

我疾步离开。老公到家时，还是以往的样子，笑容一直温和地挂在脸上，好像什么事都没有发生过一样。

我递上热毛巾，倒茶，上菜，一切如昔。

我知道我笔下的女主人公不会是这个温顺的样子，但我是个睿智的女人，我相信我会让他回头。

老公还是会去'御都兰庭'，车子依旧停在那个地方，有一次，我竟然看见老公朝着楼上的某扇窗户招手，只是玻璃反光，我看不见窗户后面那个人。

日子如水缓缓流过。几个星期过去了，我终于忍受不了这样的跟踪。

我对老公摊牌，我跟踪他的事。

因为爱他，我不想我的婚姻按小说里面那些情节发展。

老公面对我的质问，沉默良久。

他突然话锋一转说，一个人犯了错知道悔改，你还会原谅这个人吗？我点点头。不料他却突然恼怒起来："那你为什么一直都不肯原谅你的母亲？"

我惊愕地张大嘴巴，内心泛出一层苦楚。我忍住眼泪问："你见到我母亲了？她什么时候回来的？"

"是的，我见到她了……就因为你的自私，你连自

回家的路

己母亲的晚年幸福都不顾了……"老公忍不住大声说道。

看我不出声,老公软下语气:"她去找我父亲后,我才知道事情的真相……我都能不计较以前的事,你为什么不能呢……"

"难道'御都兰庭'里住的是我母亲?"我声音颤抖地问老公。

"是的,"他点点头:"我知道你早晚会知道车子违章的事,我也知道你跟踪我,我之所以每次还继续停在那里,只是为了吸引你过去,这样你母亲或许还能从窗子里看你一眼……"

第四辑　异常感慨

第四辑　异常感慨

用生命划过黑寂夜空，释放出一闪而逝的光芒，那是流星。人生不是流星，却又像极了流星。瞬间与永恒在这里交织，美丽与遗憾在这里碰撞。因其美丽，让人无限珍惜；因其短暂，难免充满遗憾。我们感慨于生命中的精彩与传奇，感慨于那些用生命造就的精彩与遗憾。让我们且行且珍惜吧！

红色的力量

可是，二牛知道，自己口袋里的这点钱是不够支付母亲的医药费的。大牛因为前几年生了一场大病，这几年一直没出去工作，平时在家干一些轻微的农活，他也是没有多少钱的。

二牛回来的时候，大牛已经带着母亲住进县城的医

回家的路

院了。

病房里弥漫着一股浓浓的来苏水味，让刚进来的二牛忍不住打了几个喷嚏。他担心把母亲吵醒，急忙捂住嘴巴，退到了一边。可是，病床上的母亲，并没有因为二牛的这个喷嚏而有丝毫反应，眼睛还是紧闭着，苍白的脸庞上，没有一丝血色。

二牛有些心疼地跪在了床前，低下头狠扯着自己的头发。

大牛说，母亲是上山采药材时从山崖上滚下来的，浑身多处受伤，急需手术。

二牛急急地抬起头，顾不上擦一把满脸的泪痕，说："那赶紧手术啊，还等什么……"

大牛犹豫着，吞吞吐吐地说："可是，大夫说，咱娘失血太多，手术时需要输很多血……而且输血的费用很贵……我怕，我们凑不够……"

二牛听到这里，捏了一下口袋里那薄薄的一叠票子……心中像是被一把刀突然剜了几下一样，疼痛和无奈慢慢弥漫了全身……

父亲早逝，母亲一手把他们兄弟两个拉扯大，不知道吃了多少苦……好容易盼着他们可以自己挣钱养活自己了，可是，马上又到了娶亲成家的年龄，所以，母亲才不顾年老体迈上山采药草，拿到镇上卖几个钱贴补家用……

二牛在城里的工地上打工已经两年了，可是，工钱一直没开，包工头说，上面资金周转不开，工钱暂时先欠着，但是，因为这几年上面下达了不能拖欠农民工工资的政策，所以，工地的老板承诺，拖欠的工资到时候会按银行利息一起付给他们的，所以，二牛，才没有轻

第四辑　异常感慨

易辞工，并和他们签订了协议。

　　这次，母亲突然出了意外，让二牛有些惊慌失措，他半夜里去敲开包工头的门，好说歹说，终于先借了一千元钱，天不亮，就搭车赶了回来。

　　可是，二牛知道，自己口袋里的这点钱是不够支付母亲的医药费的。大牛因为前几年生了一场大病，这几年一直没出去工作，平时在家干一些轻微的农活，他也是没有多少钱的。

　　一刹那间，二牛觉得是那么的无助。他找到给母亲治病的大夫，问了一下母亲的病情。大夫的口气很着急也很不耐烦，他挥了挥手说，赶紧凑钱，要不病人就危险了，二牛小心翼翼地问："我娘的病……大概需要多少钱……"大夫盯着二牛看了半天，或许是体谅到二牛的难处，态度突然缓和了下来，口气也没有了先前的生硬。他和二牛说，早上，他已经和大牛说了，做手术加上输血大概需要一万多元……你们赶紧想办法，病人的病情是不能再拖了……

　　二牛步伐沉重地退出了医生办公室，他不知道该往哪里走，任走廊里的人群把他撞得东倒西歪也浑然不觉，他知道他不敢踏进病房面对母亲那张苍白的脸……

　　正在这时，刚和他谈完话的那个大夫经过他身边时，突然停下了脚步，他问二牛："你以前献过血吗？"

　　"献血？"二牛问。"是的，只要你以前献过血，拿来献血证，你的母亲就可以免费使用等量的血液，而且，献的次数多了，还可以报销和血液等价位的医药费呢……"

　　二牛听到这个消息，不知道该怎么表达自己激动的心情。他在市里打工这几年一直和工友定期去政府广场

115

回家的路

的那个献血车献血，开始，是因为那点纪念品，后来，听说献血对身体有好处，还可以帮助别人，隔段时间再经过那里的时候，就会和工友很自觉地去献了……没想到，现在竟然可以帮助到自己……

看到术后的母亲渐渐红润的脸庞，二牛感到自己的血管里那突突流淌的血液充满了力量，一份温暖渐渐溢满了全身……

起 屋

当年军子一家被王老汉逼走，现在长大成人的军子回来会不会找他报仇呢？王老汉心里没有底，所以他有些担心。冤冤相报何时了，且看文中的军子是如何处理这件事情的……

夕阳西下，晚霞渐渐隐退，暮色从山后面悄无声息地漫上来，掩盖了山脚下的村子。

屋顶上，王老汉吸着旱烟，身子渐渐隐进夜色里，只有烟袋锅里的火光忽明忽暗，远远看去，像是一只萤火虫停落在半空。

王老汉看着军子已经翻盖了一半的房屋，神情落寞而呆滞……

从军子回来那天起，王老汉心里就像明镜似的，知道他这次回来是来者不善。当年，他爹老李被自己逼到东北去的时候，军子才有十几岁，王老汉没想到自己会这么早就从村主任的位子上退下来，也没想到军子会混

第四辑 异常感慨

得这么好……

那天，王老汉坐在自家平房顶上，悠闲地玩。他喂养的几只白鸽咕咕叫着，围着他乱转，不时起起落落的，王老汉感觉挺幸福。

鞭炮声就是这个时候响起来的，声音越来越近，惊得鸽子拍着翅膀，在空中翻飞……

待鞭炮声结束后，一辆豪华轿车停了下来，一个西装革履的帅气青年从车上下来，手里拿着烟，给上前围观的人们分着，脸上荡漾着亲切却不失威严的笑。

不用介绍，年长的就从来人那张像极了老李的脸上看出，他是离家近二十年的军子……

王老汉看到这些，愣愣地，一时不知如何是好。

这时，军子已经来到了王老汉的院子里，他热情地请王老汉下来吸烟。王老汉心里一沉，腿跟着发颤，差点从屋顶上栽下来。

军子开门见山地说，叔，你行个方便，我这次回来是翻盖老房子的，这是我爹临死时的心愿……

老伴站在院子里，仰着头喊他吃饭，一遍两遍……王老汉叹口气，瞟一眼军子那边的屋子，步履沉重地走下屋顶。

老伴看王老汉盯着饭菜发呆，忍不住轻轻抽泣起来……王老汉刚想怒骂，老伴突然狠狠地瞪了他一眼："当年，要不是你欺人太甚，军子一家怎么会背井离乡去了东北……现在好了，人家回来找你算账了，看你怎么收拾……"

王老汉想起当年风水先生帮他看中军子家西边这块宅基地时，就说了两句话："往东盖半米，日后必将飞黄腾达……"

回家的路

王老汉知道，老李是不会答应出让这半米宅基地的。所以，他开始动工的时候，就做好了把房子盖高的准备。农村有个迷信的说法，如果相邻的房子高度不一样，矮的是会被高的压住，一辈子也别想出人头地，所以都非常忌讳这种事情。

王老汉就是想通过这种方式逼迫老李另想出路。

老李果然过来求他，可是王老汉都不正眼看他一下。他高大的房子已经伸到了军子家的院子里了，军子家厨房的烟囱正好被王老汉家伸出来的宽大的屋檐盖在底下。平时还好一些，遇到下雨天，屋檐上的雨水会一股脑地流进烟囱和老李家的屋顶。一到做饭时间，因为烟囱不通畅，军子家厨房里经常浓烟滚滚……

老李咽不下这口气，宁愿远走他乡，也不肯让给王老汉半寸。可是等军子他们家搬走后，王老汉还是霸道地往军子家挪了半米。弄得军子家的厨房只剩下了一道土墙，如今更是坍塌得几乎只剩下地基。

"当年老王那么过分，现在人家发达了，有他的好果子吃了……"

"军子这次回来肯定是盖高楼的，看看谁高过谁……"

"老王硬占的那半米，这次得吐出来了，看他怎么收拾……"

村里人的这些议论，王老汉都听进了耳朵里。

王老汉自知理亏，更意识到自己早已今非昔比，所以他做好了一切准备，等着军子来找他交涉。

"当时，我们确实太过分了，现在人家又回来了，不行的话，就搬到城里儿子家去吧……"他和老伴商量。

老伴只是抹着泪，不吭声……

第四辑　异常感慨

军子家的房屋很快就开始动工了。这些日子，王老汉天天闷坐在家里，紧紧地闭着门，几乎连屋门都不出，有时晚上他会出来，呆呆地看一会军子家渐渐建高的墙壁……

他等着军子找他理论，可是偏偏军子一点找他的迹象都没有，这更让他因为捉摸不透而焦躁不安。

军子家的新房终于落成了。

王老汉看着两家房子墙壁接山的地方，没有一丝缝隙，屋顶头挨着头，高度完全一样……

王老汉感觉一阵眩晕……

按照惯例，新屋落成军子请乡亲们一起喝酒，王老汉也在被请之列，他犹豫再三，还是提了两瓶尧王醇去了军子家。

"我……我不是人，我对不起你爹，也对不起……"轮到王老汉提酒，他用颤抖的手端起酒杯说。

他的话还没说完，军子急忙止住了他说："王叔，快别这么说，回家盖房是我爹临终时的心愿，盖成这样也是他老人家的意思，他说做人要有骨气，不能甘心比人矮三分，更不能老想压过别人，大家都兴旺发达，和谐相处，才是快乐幸福的真谛！"

那棵梧桐树

木匠是一个霸道的人，他不打目的不罢休，一心想要把那棵梧桐树买走。可是爷爷却死活不卖给他，就算搬了家，也要把梧桐树杀掉搬到新家里，这是为什么呢？

回家的路

爷爷是在一个春季栽下这棵梧桐树的。

梧桐树枝繁叶茂，生长速度很快，没几年树头就罩住了大半个院子。左邻右舍对它的生长速度惊叹不已，经常询问爷爷到底是怎么打理它的，爷爷捋着花白的胡须，笑而不答。

那时候，在梧桐树下玩耍，是小伙伴们最高兴的事情，它粗大的腰身需要我们好几个小伙伴才能合拢过来，斑驳的树皮像是一幅幅抽象的画作，我们的眼睛总能从这些画作里探索出一些大人看不到的神奇世界。

夏季是梧桐树最美的时候，那一串串像紫色铜铃一般的花朵缀在翠绿的枝条上，微风吹过，浓郁的香气扑面而来，让人不禁使劲多吸几口。傍晚的时候，我们都蹲在树下捡梧桐花玩。

那天，张木匠过来的时候，夕阳已经西下，如火的晚霞给梧桐树涂上了一抹金色。他围着树身转了几圈，眼神里是掩藏不住的惊喜。

我很不喜欢这个人，因为他整天在村里闲逛，看见谁家有要成材的树，总是软磨硬泡非要砍了去。这几年他和外地的木材商联手倒腾木材，很是发了一笔横财。看得出爷爷也不是很喜欢这个人，他来找过爷爷几次，爷爷都没有答应他。

这次他又来了，他把爷爷从屋里拽出来，说："你出个价，多钱我都要。"爷爷没有理睬他，他缓缓走到树前，用手摩挲着梧桐树，像平时摸我的头一样温柔，过了好大一会才转身说："你走吧，这树我不卖。"说完就头也不回地进了屋，张木匠望着爷爷坚定的背影，跺跺脚，无可奈何地走了。

梧桐树保住了，我们又可以在树下玩了。它如伞的

第四辑　异常感慨

树冠越来越茂盛，就像在院子里撑开了一把巨大的伞，家里人每天都在伞下或干活，或休息，或吃饭。

可是好景不长，来年春天，村里突然送来了重新规划街道的通知，我们家在搬迁范围之内，而且梧桐树因为影响规划，也在砍伐之列。一家人知道这个情况后都闷闷不乐。

这次，张木匠又来了，他拿着规划图，边给爷爷看边得意地说："这棵梧桐树可是占着主街道的！这次你是非卖给我不可了，别犹豫了，你点头，我明天就来砍树……"爷爷没等他说完，猛吼一句："说不卖就不卖。"说完倒背着手独自走了，留下张木匠站在那里，脸上的表情讪讪地，很不自然。

爷爷在搬家之前，还是忍痛吩咐家人把梧桐树杀倒了。为此，我抱着爷爷的腿哭了半下午，爷爷只是一个劲地叹气，什么话都没有说。我们搬走的时候，一起把梧桐树拉到了新家。

不料张木匠却是不依不饶，几次三番来到新家找爷爷闹，一副不达目的不罢休的架势。他铁青着脸责问爷爷，为什么不把树卖给他，爷爷总是闭口不言。家里人被逼急了，都开始劝爷爷，爷爷始终都不点头。

时光就这样缓缓流去，转眼之间，冬天来了。爷爷突然病重，家里人四处为他求药，可是病情却始终不见好转，让我们的心揪得厉害。

那个早上，北风肆虐，天灰蒙蒙的，新一轮寒流来了。我们都跪在爷爷的床前，他已经昏过去好几次了，我们知道他已经来日不多。

他吩咐爸爸去把张木匠叫来，断断续续地说，当年……栽树的时候，……我在树下埋了一头死猪，所

回家的路

以……树长得很快，但是……但是……我知道它长得过快，木材一定不结实，所以不愿卖给你……

对爷爷的话，爸爸和木匠都半信半疑。他们一起用电锯把那棵梧桐树锯成了板材，但是，等家人想抬起这些木板时，它们竟然连自身的重量都承受不住，纷纷像酥脆的饼干一样拦腰折断了，板材的碎屑纷纷扬扬落了满地。

张木匠奔进屋里，看着爷爷安详地闭着的双眼，不能自抑地泪流满面……

送个女儿给你

她的心突然猛烈地抖了一下。她突然觉得自己再也不能这样消沉下去，她现在是一位母亲，有个弱小的生命已把自己看成她的唯一依靠。她也顿时明白了母亲的良苦用心。

正开会间，杨帆的手机突然响了起来，是母亲打来的。单位要求开会时间必须关机或调到振动上，今天扬帆忘了。她不敢看部门经理恼怒的眼神，歉意地低下头，着急地跑到门外。

电话里，母亲没说几句话，就哭了，哭得杨帆心烦意乱。她知道母亲放心不下自己，她愧疚地对母亲说："等我忙过去这阵，就回去看你。至于要孩子的事，我真的不能听你的意见，你不知道我的压力有多大……"

杨帆挂断电话回到会场，艰难地平复着自己的情绪。

第四辑　异常感慨

想起父亲早逝，母亲辛苦供自己念完大学，母亲一直想等女儿生活安稳后，就可以安享晚年。没想到自己结婚后怕丢了工作，每天像陀螺一样在公司里转着，不但没时间回家看望母亲，而且不敢要孩子。母亲在老家住习惯了，也不愿意搬来和他们同住。想到这里，杨帆心中又是一阵难受。

转眼之间，几个月过去了，杨帆因业绩突出已升为主管。她的工作量更大了，加班到半夜是常有的事，连老公都对她颇有微词，但是她已顾不上这些，她只想更努力点，以便多挣些钱，这样自己才可能多为母亲做点事。

这天，母亲又一次打来电话，杨帆正在想怎么和她解释这些日子没回家的事。母亲却很兴奋地和她聊着，全然没有了要求她回家的迹象。终于，母亲还是和她说了一件让她倍感震惊的事。原来，两个月前，母亲在老家捡了个孩子，养着，对外却说，是城里的杨帆生的，这次打电话就是告诉她这件事，让她知道并有个心理准备。

杨帆没把这事放在心上，只是觉得母亲有个伴也很好。接下来的日子，她更加卖力地工作，发了奖金，就给母亲寄去。她知道，孩子小，需要花钱的地方多，母亲会比以前更需要钱。

杨帆出车祸那晚，是在和客户吃完饭回家的路上。在医院苏醒过来没几天，丈夫就很直接地告诉她，因为盆腔内组织受伤严重，她已经失去了生育能力……杨帆听后再一次昏迷过去。她恳求丈夫，不要把出车祸的事告诉母亲，丈夫点头答应。

出了院，因为需要长时间休养，杨帆只好辞职，经

回家的路

过一番思索，她决定在家里做个好太太。此后两年多，丈夫和她说话越来越少，还经常出差。她渐渐觉察出了丈夫对自己的冷淡。这天，她偷偷查看丈夫的电脑和手机，这才发现丈夫在外面有女人已经很长时间了……

离婚后，杨帆心灰意冷。这天晚上，初秋的夜晚已经有了些许凉意，杨帆久久徘徊在江边，头发被风吹得乱糟糟的，眼泪恣意地流淌着……

短短几个月，经历这么多变故，杨帆感觉自己再也无法支撑下去，看着脚下翻腾的江水，她知道，只要自己再上前迈一步，就可以彻底解脱……

正犹豫着，她的手机突然响了，是乡下邻居打来的，说她母亲病重，让她速归。杨帆急忙爬上河堤，打车赶到长途汽车站……

第二天，回到老家时，母亲已经去世了，杨帆痛苦万分，她呆呆地看着母亲安详得像睡着一样的脸庞，伸出手轻轻抚摸着，这么多年，她第一次感觉离自己母亲这么近……

处理完母亲的后事，她觉得自己是那样孤独无助，她跪在母亲的坟前哭得死去活来……

正悲伤不已，旁边孩子的哭声突然提醒了她。她回过头抱起孩子，孩子已经五岁了，这五年间，她虽然回过几次家，但是从来没有关心过她，甚至没好好抱抱她。她凝视着孩子，孩子也凝视着她。突然孩子怯怯地说："妈妈，别哭了！我饿了，我想回家！"

她的心突然猛烈地抖了一下。她突然觉得自己再也不能这样消沉下去，她现在是一位母亲，有个弱小的生命已把自己看成她的唯一依靠。她也顿时明白了母亲的良苦用心。

第四辑　异常感慨

想到这，杨帆的眼泪再次滚落了一脸，她急忙拿出手帕擦拭，孩子也用她的小手帮她擦着。她心里暖暖的，把孩子抱得很紧很紧……

生活原来这样美好

"冬梅停止了哭泣，呆呆地望着苍茫迷蒙的水面，平静地说："其实小薇不是你的孩子，她是那个来收树苗的外地商人的……"说出这个真相后，真的感觉生活很美好……

"清华哥，你去和妈妈说，我们结婚吧！反正我们又不是亲兄妹。"小薇嘟着嘴，看着清华撒娇道。

清华躺在河堤的树荫下，望着杨树叶没有遮挡住的那片瓦蓝而又干净的天空，心中突然漫上一丝莫名的忧伤。心想，虽说自己是捡来的，和妹妹没有血缘关系，可是，在外人眼里，毕竟是兄妹啊！父母会同意俩人的婚事吗？

回到家，母亲冬梅正躲在卧室里掉眼泪。看见孩子回来了，母亲擦了把眼泪，嗔怪道："你俩去哪了，怎么才回来？"俩人吐了吐舌头，站在那里不敢吭声。

小薇对清华哥使了个眼色，希望他能和母亲说出两人的想法。没等清华开口，母亲突然说："清华，你都这么大了，是该成家的时候了。妈妈托人给你说了门亲事……"

清华一愣，还没来得及回答，母亲又接着说道："一

回家的路

会就去相亲，你准备一下……"

小薇一屁股坐在沙发上，气吼吼地说："妈，你为什么这样做？你明知道我爱清华哥，还要给他说亲！"

清华也是满脸怒气，他语气坚定地说："妈，这门亲事我是不会同意的，这辈子除了小薇，我不会再喜欢别人……"

三人正僵持不下的时候，父亲大立从外面回来了。大家都看着大立，希望他能表态。父亲却颓然地倒在沙发里，一言不发，脸上布满了无奈和忧伤。过了好久，母亲幽幽地说："其实，清华是你们父亲在外面和别人生的孩子，你俩是同父异母的兄妹……"

小薇顿时愣在那里，清华也惊呆了。过来好久清华才问道："是真的吗？爸，是妈妈故意这样说，阻止我们结婚吧！"

大立长长地叹了一口气，说："不是的，你妈说的是事实！"

大家都沉默了，屋子里静得异常可怕。

"为什么不早说，瞒了我这么多年，为什么？"突然，清华怒吼道。

父亲抬起头，难过地说："是我的错。我和你们母亲结婚后一直没能生育，我就在外面和你亲生母亲好上了，你母亲生下你不久就出国了。我把你抱回家后，一开始骗你妈说是捡来了，后来又把实情告诉了你妈。我们之所以没告诉你，也是为了你好。"

说到这里，父亲难过地垂下了头，旁边的母亲和小薇早已泣不成声了。

大立回头看看她们，又看了看清华说："本来我们打算永远保守这个秘密，谁知道，你们会相爱，还要结婚，

第四辑　异常感慨

我们实在没办法才只得说出实情……"

小薇突然大喊一声："我恨你们……"接着就哭着跑出了家门，待到大家反应过来，都着急地追了出去。小薇拼命地跑到离家不远的那座水库，爬上大堤，想都没想就纵身跳了下去。

母亲冬梅看见小薇跳进了水里，身子一软，就倒在了地上。大立回过头去扶冬梅时，清华已跟着小薇跳了下去。

大立和冬梅都不会水，再说也都没看清他们跳下去的具体地方，他们看着雾茫茫的水面，着急得不停地跺脚，却没有任何办法。过了好久，水面依旧没有任何动静。

一下失去两个孩子，他们的世界顿时坍塌，冬梅大哭起来。哭了一会，冬梅仿佛傻了一样，呆呆地盯着大立。

大立仿佛读懂了冬梅眼中的意思，他扶起冬梅说："好吧！我们也随孩子们去吧！"

冬梅突然抓住大立的手说："临死你能原谅我一件事吗？"大立看了一眼仿佛瞬间苍老了下来的冬梅，使劲点点头。

"要是我有勇气早说出这事，也不至于导致今天这种结局，我是罪人呀！"冬梅使劲扯着头发说，"那时候，你把清华抱回来，我表面上高兴，其实内心非常难过，所以后来、后来……"

冬梅再次大哭起来。

大立着急地说："后来，到底怎么了？"

冬梅停止了哭泣，呆呆地望着苍茫迷蒙的水面，平静地说："其实小薇不是你的孩子，她是那个来收树苗的外地商人的……"

大立顿时像截木头一样僵在了那里。

这时，河堤上，清华抱着湿淋淋的小薇走了上来……

和一只狐狸的爱恨情仇

"是我自己不小心跌到了雪里，我想把狐狸仔给送回来……石缝挤住了我的脚，要不是那只狐狸附在我的身上温暖我，我怕早就被冻死了……"儿子话没说完，就永远闭上了眼睛。

大雪封山已经好几日了。地上的雪足有半尺厚，漫山遍野到处都是白皑皑一片。

老赶叔背上猎枪，坐上那架有些破旧的爬犁，冒着严寒朝深山里走去。

来到深山里，老赶叔把爬犁停在背风处，四下打量一番。确认好方向后，掏出烟袋，按好烟丝，还没点上火，脚下厚厚的积雪就突然往下陷了一层，老赶叔不禁心跳加速："运气不会这么好吧，刚来就会有收获？"

他顾不上多想，把烟袋往腰后一别，屏住呼吸，小心翼翼地往后退了几步，雪层慢慢松动，不一会，就露出了两个雪白的小脑袋。原来是两只小狐狸。也许是出生晚了些的原因吧，这两只狐狸显得格外小，透亮雪白的皮毛泛着诱人的光泽，煞是可爱。

在伸出手的一刹那，老赶叔犹豫了一下。但是，想起几年来那个难解的心结，他又横下心弯下腰。

到家后，老赶叔想，还是把两只狐狸仔子放在院子

第四辑 异常感慨

里的木头笼子里吧,这东西气味太大。待他放好狐狸,抬头一看,大儿子正透过窗户幽幽地盯着自己,老赶叔心里一紧,说不出是什么滋味。

老赶叔有三个儿子,大儿子生性柔弱,身子病恹恹的。二儿子和三儿子都在林场工作,平时很少回来。

第二天,天还没亮,老赶叔就起床开始磨刀,嚯嚯的磨刀声响在寂静的早上,格外刺耳。大儿子不知什么时候突然站在老赶叔的后面,他盯住老赶叔手里的刀问道:"真要杀它们吗?"老赶叔头没抬,用手试了试刀刃说:"这事你别管,我自有道理。"接着站起身走到关狐狸仔的那个木头笼子面前。

大儿子脸上突然流满了泪水,哽咽道:"放了他们吧,我们不能一错再错……"

老赶叔听儿子这么说,一时有些犹豫,他想起东山看风水的半仙说的那些话:"你们家老太婆的疯死,还有儿子的病,都和你当年弄回来的那只狐狸作祟有关,你只有再弄一只回来杀死,杀一儆百,才能确保平安……"

当年他们一行三人进山打猎,发现洞里那只狐狸时,它已快冻僵,三人一阵惊喜,想弄出来把皮扒了,他拿起刀俯下身子,蜷作一团的那只狐狸忽然睁开了眼睛,眼神无助忧伤,楚楚动人,他的心莫名一颤,手里的刀啪的一声,掉在雪地里。

最后他不顾另两人的反目,把狐狸带回家尽心伺候。没出几日,那只狐狸就弄开笼子逃走了。自此,老婆突然疯掉,大儿子也一病不起。村子里一时传言四起。

想到这里,老赶叔叹了口气。他把刀扔在地上说:"罢了!我不杀它们了!到屋里去吧,外面太冷!"其

回家的路

实老赶叔是想等儿子看不见时再处理它们。

那天吃过早饭后,老赶叔就外出办别的事去了,等他太阳偏西时回家,发现那只木头笼子空了。老赶叔想,也许是儿子把狐狸放了。他进屋一看,竟然没见到儿子。

儿子去哪里了?难道他到深山里去了?儿子的身体与精神都不好,这样的大雪天,一个人进山多危险。他急忙背上猎枪,坐在爬犁,快速朝深山里赶去。

他一边走,一边仔细搜寻着雪地里的各种痕迹,快到山里时,他忽然看见了那只老狐狸,它趴在一块岩石的后面,虽说身子的大部分被岩石阻挡着,但他还是一眼就认出了它。他毫不犹豫地举起猎枪并扣动了扳机。

枪响之后,老赶叔看见那只狐狸剧烈地挣扎了几下就直挺挺地躺在雪地里一动不动了。与此同时,他也看到了令他终生难忘的另一幕:狐狸趴着的地方有一个人,那人就是他的儿子。离儿子不远的地方是那两只狐狸仔。

等老赶叔跑到儿子身边时,儿子胸前的雪地上已经变成了一片殷红。原来那颗子弹穿过狐狸的身子,又射进了儿子的身体。

"是我自己不小心跌到了雪里,我想把狐狸仔给送回来……石缝挤住了我的脚,要不是那只狐狸附在我的身上温暖我,我怕早就被冻死了……,"儿子话没说完,就永远闭上了眼睛。

第二年,一个春暖花开的日子,老赶叔坐在两座坟墓前喃喃自语:"你们放心吧!我已经把它们养大并放生……"

那两只刚被放生的狐狸每跑几步,就转过身子,看一下,眼里溢满了泪水。它们似乎在留恋老赶叔,也似乎在留恋那两座坟墓。那两座坟墓，一座是老赶叔的儿子的，另一座是它们的母亲的。

冬天还没来……

大爷为什么要在寒冬腊月光着身子在阳台上锻炼呢？他这是闹的哪一处？当你看到最后，一定会感叹不已。让我们大家一起做个有孝心的人，冬天真的还没来……

初冬的早上，地上铺了薄薄的一层霜。楼下的花草树木沐浴在晨曦里，仿佛披着梦幻般的薄纱。小区内行人不多，车也不多，异常寂静，这样的早上，是特别适合出去溜达一圈的。出了单元门，我顺着鹅卵石铺成的小径慢慢前行。楼与楼插花排列，错落有致。拐过前面那座新楼，突闻有人喊自己的名字，环顾四周，没见到人影，正纳闷，那热情的呼喊声又一次响起来。循声找去，我看到一个胖胖的脑袋正从这座楼的一楼阳台上露出来。我吓了一跳，赶紧后退几步。看我惊慌的样子，"胖脑袋"哈哈大笑着。他探出大半个赤裸着的上身，伸着手臂朝我挥舞，好像多日未见的老朋友。我看他这不合时宜的打扮，不自觉又开始紧张。踌躇半天，脚步不知道该往前迈还是往后走。他大喊着："别怕，我不是坏人，我知道你的名字呢……"我这才缓过神来，是啊！如果不是熟人，人家怎么会知道我的名字呢？还未等我开口，他又大声说道："我和你家孩子还是好朋友呢，不信你

回家的路

回家问问她，是不是认识一个姓张的爷爷……"看我不吭声，他又说："就是她告诉我你的名字的……你来接她的时候，我见过你……"我紧张的心一下放松了下来，九岁的女儿是曾经和我说过她有个姓张的好爷爷，他们经常一起在棋室里下围棋……我对这位老人为何赤裸着上身感到纳闷，还是忍不住问道："大爷，你怎么不穿上衣啊，难道不冷吗？"大爷有些尴尬，但还是爽朗地笑着说："我在阳台上跑步呢，儿子给我买了一个跑步机……因为流汗太多，衣服一会就湿透了，后来索性就不穿了……不过这就穿、这就穿……"大爷说完，低下头准备去找衣服。我怕耽误他换衣服，赶紧挥挥手，笑着离开了。再以后，我渐渐习惯了每天早上出去溜达。再路过那个窗口时，我都会不自觉停下脚步等一会，而大爷好像知道我会经过一样，总是在我停下脚步的时候，露出半个脑袋和我打声招呼。只是再看见他赤裸的上身时，我也不会惊讶了，而是很自然地嘱咐他赶紧把衣服穿上，以免着凉。日子久了，和大爷渐渐熟络了起来。

那日，送孩子去小区的棋室下棋，碰巧大爷也在。

我还没说话，大爷先不好意思地笑笑，说："闺女，这段时间不穿上衣的事，让你见笑了！其实，我家里有个八十多岁的老娘，因为小脑萎缩，神志不清醒，她前些日子就开始叨念想她的孙子了，我就骗她说，在外地工作的孙子冬天就回来了，不料这些日子，她脑子突然清醒了，问我'冬天已经到了，孙子怎么还不回来……'所以，我就每天在家光着上身在她面前晃悠一段时间，告诉她冬天还没来呢……"

"那为什么不让孙子回来看看他奶奶呢？"我忍不住把疑问说了出来。大爷听了我的话，用手摸摸正在收

第四辑 异常感慨

拾棋子的女儿的头，低声说："儿子平时工作忙，没时间回来的……"

大爷说到这里，苦笑了一下，不再说话。

我心情有些沉重，走出围棋室还忍不住一路感慨，现在的人都忙着工作，连回家看望老人的时间都没有了……回到家里，又忍不住和老公说起此事。老公问我："就是那个很爱笑，经常在棋室下棋的那个大爷？"我说是啊。

老公说："你还不知道吧，那个大爷的儿子以前是个警察，前几年在一次执行任务中光荣殉职了……"说完这些，老公轻轻叹了一口气。

我目瞪口呆之余，感觉眼角湿湿的，泪水早已溢满了眼窝……

推开窗子，外面阳光明媚，暖暖的，冬天真的还没来呢……

征 婚

那个女人找到张姐的时候，已经哭得没有了力气，她哽咽道，你什么意思？你为什么要这么对我？为什么要把自己的老公介绍给我？难道只是因为我可怜吗？

许篙去和那个女人见面的时候，天空灰蒙蒙的，像是要下雨的样子。

许篙不回头也感觉到有人正在不远处跟着自己。

许篙感到步履有些沉重，迟疑片刻，还是大步向公

回家的路

园里的女人走去。

女人很年轻，她微笑着看着许篙，神情有些羞涩。

女人轻声说："张姐夸你人很好呢，她说她帮你征婚是因为你性格木纳，不会谈恋爱……"

说到这里，女人又笑了，笑容里有藏不住的温暖。

"她是你表姐，那看起来怎么感觉你比她老啊……"女人看许篙不说话又跟了一句。

许篙苦笑了一下，不知怎么回答，只好抬头看天边堆积起来的越来越厚的云层……

正在这时女人的手机突然响了，女人看了看号码，又看了看许篙，犹豫着接了电话。也许是因为许篙在旁边，女人说话有些不方便，吞吞吐吐的，脸上也悄悄地蒙上了一层红晕。

女人刚挂了电话，许篙的手机也响了。许篙急促地接了电话。电话中是张姐的声音，她说，我在远处看着你俩呢，你为什么待人这么冷淡？这样是不行的，难道你又想让这次相亲黄吗？

许篙挂了电话，很尴尬地望望坐在旁边的女人。女人没等许篙说话，抢先说，刚才的电话是张姐打来的，她说你是个不爱说话的人，所以怕你冷落我……她还说等我们将来熟悉就好了。

许篙歉意地笑笑，说，对不起，我今天情绪有点低落，改天有时间我们再聊吧，说完逃也似的离去。

许篙在公园门口等着张姐出来，他知道看见他走了，一直躲在后面观察的张姐会很着急地追来。

张姐出来时并没像前几次相亲失败后那样大声责怪他，这次，她有些忧伤，很平淡地说了句，我们回家吧。

许篙有些不安地跟在张姐后面，看她不说话，许篙

第四辑　异常感慨

说，你别生气了，我明天再约她，这次会成功的……

许篙和那个女人进展迅速，一起吃饭、约会、看电影……

女人看见许篙钱包里那张照片时，两人刚刚吃了饭，许篙正在接电话，他用一只手打开钱包，很费劲地在里面找着什么，女人伸出手去帮他，她也许只是很随意地瞥了一眼那张照片，照片上穿着婚纱的张姐和许篙脸靠脸亲热的样子突然就闯入了女人的视野，女人愣了愣，她拿起那张照片又仔细地看了一下，然后醒悟过来，她扬起手想给许篙一巴掌，可是顿了顿又把手落下，拿起包哭着跑了出去……

那个女人找到张姐的时候，已经哭得没有了力气，她哽咽道，你什么意思？你为什么要这么对我？为什么要把自己的老公介绍给我？难道只是因为我可怜吗？……

女人委屈的哭声让张姐感到一阵阵内疚，她想和女人说，一切不是她想的样子，可是嘴张了张，却感到胸口一阵发闷，身子晃了晃就晕了过去。

女人吓呆了，急忙喊人把张姐送到医院。不一会儿，许篙听到消息也赶了过来，他愧疚地看了女人一眼，就扑到张姐的床前着急地喊着她的名字。

张姐一直昏迷着，医生把许篙叫到医生办公室指着她的头部CT说，脑瘤已经扩散，现在已经转移到肺……病人没多少时间了……

许篙领女人到一个僻静处，他说，对不起，我们骗了你，请你原谅……王姐也就是我老婆，她知道自己得病已经活不了几天了，所以，她才会在临死前想给我找个女人照顾我……请你原谅我们给你造成的伤害……说

回家的路

到这里，许篙已是泪流满面，他痛苦地蹲下身子，使劲扯着自己的头发，泪珠滴落了一地……

但是现在你能再帮我一个忙吗？许篙站起身擦把眼泪问女人，等我媳妇醒过来，你就告诉她，你已经答应和我结婚了，让她放心……

女人听了许篙的话，又一次呆在那里，不知所措……

许篙说你再考虑一下，然后就急急地进了病房。

女人靠在病房外面的墙上想了许久，终于神情坚定地走了进去。

那丛波斯菊

"我这不是看了么？我很喜欢……"她开心地笑了，"师哥，我知道你不理解我为什么继续留在那里，如果我离开了，我就掌握不了公司和他犯罪的证据了。我知道，我付出的代价太大，可我不后悔……"

他对她的鄙视是从她出院那天开始的。

他以为，只要还有点骨气，她就该远离江枫，可是她竟然又回到了公司。

当年，医专毕业后，他和她留在家乡的一家医院，而江枫却只身去了南方。

他知道，她是爱江枫的。

当初，江枫打来电话，让她收拾行李，火速赶往南方，因为他已在那个繁华的城市给她谋得一份差事。

她不顾他的劝阻，毅然登上了南下的火车。

第四辑　异常感慨

他每天都在家乡数着日子等。他以为过不了多久,她就会回来,因为他觉得那个潮湿多雨的城市,并不适合她。

接到她的信时,他正站在办公室看外面花圃里的那丛波斯菊,那是她尚未离开时和他一起种下的,她喜欢喊他师哥,撒种子的时候,她笑着说:"师哥,等开花的时候,你一定要采一束送给我……"

他没想到,她会邀请他去南方。

"师哥,你抓紧过来吧,这里开放得早,发展也很快,医院的工资水平和福利待遇比家乡高多了,再说,我想你,我需要你……"看着信,他笑了,他决定去南方看看她。

他没想到,她早已加入了传销组织。而江枫是这个传销组织里不大不小的头。

"师哥,你还是留下吧,我希望你留在这边……"她劝他。

"我真想不明白你呀!你为什么这样甘心堕落!"他心疼地盯着她说。

"我知道干这个不好,可是我更知道他爱我,为了爱情,我甘愿做任何牺牲……"她说。

为了劝她离开,他暂时住了下来,他坚信他会让她回心转意。

可是那个早上,她竟然吃掉了一瓶安眠药。

看着刚刚抢救过来的躺在病床上的她,他决定去找江枫。

找到江枫时,他正拥着一个娇美的女孩,他冷笑一声说:"在这物欲横流的社会上,谁还会在意一份虚空的爱情……"

回家的路

出院那天,他一边帮她收拾东西一边说:"我们回去吧,这里不适合我们!"

她摇摇头,坚定地说:"师哥,你对我的好,我知道。但我是不会跟你回去的。"

他像看一个怪物一样看着她。

因为放心不下她,他也留了下来并找了份别的工作。

他们依旧经常见面,每次见面她都眉飞色舞地介绍着自己的业绩,她说自己很快就可以赶上江枫并有钱了,那样江枫就会爱自己了。

这天,他突然感觉再也无法忍受她的执迷不悟。

回答家乡后,他索性跟她断了联系。

再次听到她的消息,是五年后的一天,那时她和江枫都已入狱半年多了。这些年,他一直精心侍弄着院子里的那些花草,那丛波斯菊,已经郁郁葱葱地蔓延了好大一片,他的耳边再次响起她的声音:"师哥,等开花的时候,你一定要采一束送给我……"

为了让她看到更鲜艳的花,他坐飞机去看她。

"这些花,是我们当初种下的,它们每年都开得很好,可惜你从来没看过……"他说。

"我这不是看了么?我很喜欢……"她开心地笑了,"师哥,我知道你不理解我为什么继续留在那里,如果我离开了,我就掌握不了公司和他犯罪的证据了。我知道,我付出的代价太大,可我不后悔……"

"师哥,一定别再傻了,抓紧找个好姑娘结婚吧!"说过这句话,她就毅然结束了这次会话。

走出监狱,阳光正好,他抬起头,看见前面笔直的大道,心里想,一切都会好起来的……

第四辑　异常感慨

那条狗

阿黑的行为让我一次次流下眼泪，都说狗是最忠心的，也是最重情重义的，这话真的不假。当它知道奶奶来日不多时，它竟然绝食，最后跟着奶奶一起离开了这个世界……

奶奶的病越来越重了。

院子里的梧桐树叶子已经落了厚厚的一层。

阿黑趴在墙角看着来来往往的人们，眼神很无助。

阿黑本来是在屋里陪奶奶的，父亲怕阿黑影响医生给奶奶看病，就不顾它的挣扎，硬把它拴在了院子里的一角。

那些天寒风肆虐，非常冷。被风刮起枯叶在半空中打够了旋，就在阿黑身边堆成堆。阿黑多数时间静静地趴在那堆枯叶边一动不动。

它把脑袋伏在自己的两只前爪上望着奶奶住的东厢房，一趴就是半日，不吃不喝，好像这个世界里除了奶奶，别的都已不存在。

阿黑是奶奶在一个垃圾堆旁捡回来的。

那也是一个寒冷的冬天。

奶奶把阿黑抱回来的时候，它已经奄奄一息，虚弱得连脑袋都抬不起来。奶奶用勺子一口口给它喂米汤，像是喂一个婴儿。

阿黑就这样活了下来，奶奶日渐年迈，我们这些孩子长大都离家外出打工去了，阿黑代替我们日夜陪伴在

回家的路

奶奶的身边，时间长了，阿黑已经成了我们家里的一分子。它离不开奶奶，奶奶也离不开它。

阿黑已经几天几夜没有吃东西了。奶奶也一直昏迷不醒。父亲找了车子准备送奶奶去医院，可是从城里请来的医生却摇摇头，他是小叔的同学，又是知名专家，医术很好，家里人也非常信任他。

"还是不要折腾了，老人家已经病入膏肓，就算是华佗再世也回天无术……"他这样劝阻父亲。

父亲忍住泪水点点头。奶奶已经九十岁了，父亲心中多少有些心理准备。

父亲把一只鸡蛋打碎了给阿黑灌到嘴里，可是刚一转身，阿黑竟然把那只鸡蛋吐了出来。父亲有些愕然，他突然明白了什么，回过头把阿黑抱在怀里，眼泪像是断了线的珠子滴落了阿黑一身。

阿黑陪伴在奶奶身边十几年，平时家人都忙，奶奶的日常生活多亏了有阿黑的存在。

记得有一次半夜，奶奶突然胸口憋闷，喘不上气来，样子非常痛苦。阿黑一个箭步窜了出去，跑到父亲住的西厢房门前用头拼命撞门。

从那以后，家里人再也不单单把它看作是一条狗，它就像我们的家人……。

父亲把它抱到奶奶屋里，它看见躺在床上的奶奶，眼睛立马放光，挣脱开父亲的手，摇摇晃晃地走到奶奶床前。

父亲趁机给它拿过来一根它平时喜欢吃的香肠。可是它看了一眼，立马又把脑袋低了下去。

院子里的梧桐树叶子终于落尽了。光秃秃的树枝挺立在空中，样子突兀而落寞，一根一根，划过我们的眼光，

> 第四辑　异常感慨

让心跟着疼得厉害。

阿黑蜷在那里，眼神更加无助和落寞。

奶奶已经被抬到了地上。我因为忍受不了这生死离别的时刻，独自在一个角落里偷偷地哭。

阿黑靠在奶奶的身边，用舌头舔着奶奶渐渐变凉的手，一遍一遍，父亲想把它抱走，可是还未等父亲靠近，它眼睛里突然滴落出几颗晶莹的泪珠。

父亲忍住伤心，狠心把它抱到院子里的梧桐树下，那里有厚厚的落叶，奶奶生前的时候，它总是会衔了这些叶子送到奶奶面前，那时候奶奶总会疼爱地摸摸它的脑袋，它就会兴奋地跑回去接着衔，直到奶奶的面前已经有了很大一堆。奶奶会很开心地笑起来……

阿黑还是死了。

还未等奶奶下葬，它就咽了气。

父亲说，它已经预感到奶奶余日无多，所以才会绝食，想要陪奶奶一起去。

又一年清明，来给奶奶上坟。看见奶奶坟前不远处的那个小小的土堆，眼睛不自觉又湿润了起来，那是阿黑的坟。

擦净眼泪，我仿佛看到，院子里，明媚的阳光下，阿黑在奶奶身边跑来跑去，奶奶开心的笑容像是一朵金色的菊花盛开着，那么美，那么美……

山村的孩子

孩子纯真质朴的心灵就像是山间的小溪一般纯净清冽。他们从小就知道感恩，知道这些外地来的游客给他

回家的路

们盖了新学校，所以，他们一路打着敬礼来表达自己的感激之情……

　　车子驶上这条新开发的旅游路线时，清晨的雾气还没有散去，鸟儿清柔空灵的叫声在耳边萦绕着，像是云层中漂浮的一首轻音乐，缓缓流淌，不疾不徐，让人甚至不舍得再驱车前进。

　　同去的本地朋友说，这条路两边风景很好，因为地处偏僻，有些古老淳朴的民风还在，就连鸟儿的叫声都没沾染上俗气……

　　车子艰难地爬行着，越往前走，道路越难走，黏黏的山泥被车轮甩打在路旁的草丛和车身上，发出啪啪的声音，惊飞了草丛中一些不知名的飞虫。

　　虽然还是清晨，放眼望去，后面的山路上已经有了许多车子，看样子他们也是从遥远的大城市来的，据说现在很流行这种天然氧吧自驾游。

　　沿途的风景的确很美，树木葱茏，山花烂漫，泉水流泻，让人误以为走进了世外桃源。车子右拐，前面视野开阔，道路也宽阔了一些。远处的山坡上稀稀疏疏地点缀着一些住户。缕缕炊烟升起，给群山蒙上了一层紫色的轻纱。

　　路上赶去学校的孩子三三两两的，每当有车子驶过，他们就会停下脚步，黝黑的小脸上会露出一抹灿烂的笑容，还一遍遍不厌其烦地敬着礼。

　　我和本地的朋友说，这些孩子真有礼貌，比城里的孩子强多了。他点点头，又突然问："前面有一所希望小学，大家有没有兴趣去看看？"大家当然一致同意。

　　在山路的拐弯处，一段很长的凸出的山壁，挡住了

第四辑 异常感慨

前行的视线，车速开始慢了下来，后面的车子此时也都断断续续地跟了上来，有些车子开始沿着山壁超车。

路本来就窄，再加上路面不平，超车很容易伤害到那些孩子，我急忙摇开车窗大声呼喊孩子们躲到安全处。

我喊了一会，怕还是不行，就让师傅靠边停车，想下去指挥交通。可是等我下车，却看见那些孩子都已停下脚步，整整齐齐地站在路旁，他们紧贴着山壁，艰难地站立着，有些孩子的衣服和脸上还是被甩上了一些星星点点的泥巴，虽然这样，每当有车辆过去，他们还是使劲举着手臂，认真而又虔诚地打着敬礼。

我眼睛一热，忍住泪水，走上前去，摸着他们的头说，我想去你们学校看看，你们能带路吗？孩子互相看了一下，纯净的眼睛里流露出无限的欣喜和热情。

到学校后，孩子又站成一排，向我们打完敬礼才跑进教室。

校长是一个土生土长的山里汉子，握过手后，我感到自己的手一阵刺痛，那是被他满手老茧碰触的结果。我们都深受感动并表扬这里的孩子既懂事又有礼貌，校长用他朴实而浑厚的声音解释道："知道孩子们为什么那么欢迎你们吗？如果你们不来，怎么会知道他们以前的教室没法用了，怎么会有人出钱给盖这么漂亮的学校……"

校长说，新教师盖起来了，孩子们可以安心上课了，以后再也不用待在破旧的教室里担惊受怕了，以前下雨的时候，怕教室倒塌，我们只能到牛棚里上课。现在，孩子们学习比原来更认真了，成绩也进步很快……

听到这里，我想起自己的求学生涯和奋斗过程，我小时候因为父亲早逝，家里很穷，是乡亲们的一次次资

回家的路

助，我才避免了辍学的命运而完成学业。大学毕业后，靠自己的不断努力终于创下了一份事业。那次，无意中了解到云南贫困地区孩子求学的艰难，那些孩子纯净明亮的眼睛，让我想起了以前的自己，看到了他们追逐梦想的期盼，就悄悄把一笔巨款打到报纸留下的账号上。

看着黑板报上孩子们描绘的美好蓝图和好好学习长大后回来把家乡建设得更加美好的梦想，我再一次被深深感动了。我知道，为了实现梦想，他们要付出很多很多，但我想信，终有一天，他们的梦想会变为现实，因为他们有顽强的毅力，有纯净而乐观的心灵，还有一颗懂得感恩的心……

下课了，孩子们在校园里追逐着、奔跑着，欢乐的声音在群山中回荡着……

放眼望去，青山耸立，碧草芳菲，但我看到的是比眼前美景还要美丽许多的东西……

永远的友情

我忍不住走上前去问道："大娘怎么这几日没有来？"大爷抬起头看我一眼，又把眼神投上那块草坪说："还没到日子呢，我们说好一个月见一次的，还有好几天呢……"

我和那个老人好像是同一刻停下了脚步。

我只是无意中走到这个地方。

这段路是青石板铺成的路面，也许不方便车子行驶，

第四辑 异常感慨

行人少，所以，静谧得可爱。

路边浓密的树荫下散落有几个相距甚远的石凳，再往里拐几步有一块小小的草坪，还有几丛开得正鲜艳的花儿。

老人也许和我是一样的想法，他大概也喜欢上了这个地方，并没有马上离去的意思。

我随意找了块石凳坐下，打开一本书，那些从树叶的缝隙间漏下的阳光在我旁边小心地跳跃着，像是一首欢快的乐曲。

老人走到一块石凳前，先用手小心翼翼地把石凳擦拭了一遍，然后又从包里取出一块布垫铺了上去，我觉得老人对自己的身体有些太在意了，却不料老人并没有坐那个他铺好的石凳子，而是转身坐在了石凳子旁边的一块废弃的石块上。

我有些惊讶，老人却满脸平静地望着远处。

偶尔有鸟儿飞过，老人抬头望一眼，眼神里有掩藏不住的快乐。

老太太走来的时候，我的书已经看了一半，她看看我，又看看坐在不远处的老人，脸上竟然闪过一丝羞涩。

老人看见老太太走过来，颤巍巍地站起身，他接过老太太手里的包裹，然后让老太太坐在那块铺着布垫的石凳上，老太太笑了笑，没有推辞就坐下了，她拿过自己带来的包打开，取出一个瓷罐，递给老人。

老人接过瓷罐，惊喜地问："还是和上次腌的一样吗？我那些还没吃完呢，不过，总是百吃不厌，每顿饭都离不了它……"

老太太嗔怪道："又说好话哄我开心呢……"说完又不自觉地笑起来。

回家的路

两位老人小声私语着,不时有欢乐的笑声钻进我的耳朵,让我忍不住抬头望一眼。

我走的时候,他们还坐在那里,微风拂过,老太太的白发有些凌乱,老人没有顾忌我的目光,急忙抬起手帮她整理一下,动作自然,好像坐在家里一般。

看来这个地方,他们是经常来的,并不是像我第一次来的样子。

过了几日,我又来的时候,老大爷已经来了,这次看见我,他主动打了招呼,我也微笑示意,好像我们已经是相熟很久的朋友。

我完全沉浸在小说忧伤感人的故事情节里,老大爷什么时间离去的,我已经忘记。

这以后,我经常到这个地方,这里半天都不会有人经过,环境幽静,适合看书和沉思。

老大爷也是每天都来,只是此后几天都没有再看见老大娘。

这日,细雨霏霏,我撑一把伞坐在那里,不远处的草坪上有两只小麻雀蹦蹦跳跳的像是在找吃的,雨丝打湿了它们的羽毛,它们飞上飞下却始终离得不远。老大爷打着伞不知何时来到我的身后,他的眼睛盯着那两只小麻雀说,它们应该是个伴吧……说完慢慢走到以前坐过的石块上坐了下来。

我忍不住走上前去问道:"大娘怎么这几日没有来?"大爷抬起头看我一眼,又把眼神投上那块草坪说:"还没到日子呢,我们说好一个月见一次的,还有好几天呢……"

那你们认识很久了吗?我又忍不住问了一句。

"是啊,快60年了,……真快啊,一转眼我都80

第四辑　异常感慨

岁了……"老大爷讷讷道。

不知什么时候，雨停了，老大爷站起身对我说，明天见，说完已经蹒跚走远，留下我独自站在那里呆若木鸡……

坚强走下去

广林是坚强的，也是优秀的。他克服重重困难，终于实现了自己的理想，体现了自己的人生价值，这无疑给正在家待业的自己上了一堂课。

班主任老师给我打来电话时，我正处于人生低谷，待业在家，爱情受挫，生活糟得一塌糊涂。

老师高兴地说，有时间你们去看看广林吧，他从南方回来了……他终于回来了……因为开心，我顿时感觉全身都轻松起来。放下电话，脑海中闪过广林瘦弱的身影……

广林当时是我们班最小的学生，他不但瘦小，而且因为小儿麻痹症，一条腿还是瘸的，平时只能靠拐杖才能完成走路。

广林的家在一座大山深处的偏僻山村，他父母身体不好，他是老大，下面还有一个弟弟一个妹妹，所以家里非常困难。

开学第一天，他抱着一个破旧的书包，艰难地走到老师的办公室，什么话也没说，只是把书包里的钱倒在老师的办公桌上，真诚地看着老师说，我们家只能借到

回家的路

这么多了……

班主任爱怜地看他一眼，点点头，就和他一起整理起那堆零钱来，有一元的，也有一角的，数了近三个小时。

广林的刻苦是别人所无法想象的，作为他的同桌，我理所当然地比别人要多照顾他一些，可是他却尽量不麻烦别人，他很少喝水，吃饭也简单，都是从家里带个煎饼，几口吃下去了事。

高中是需要住校的，他平时很少回家，都是他母亲来给他送吃的，所谓吃的就是一包自家烙的煎饼，还有一瓶子萝卜头。可是，广林依旧吃得很香。

晚上上完自习课回到宿舍，学校熄灯后，只有厕所的灯是亮着的。最先发现广林半夜在厕所里看书的，是邻班的一个胆小的男生，他那晚迷迷糊糊地跑进厕所里时，看见一个影影绰绰的东西站在里面动也不动，以为遇到了鬼，大喊一声，妈呀！就跑回宿舍，愣了半天咧着嘴哭起来……自此大家都知道了广林在厕所里学习的事情。

广林说，我一定要考上医学院，将来我要治好所有像我一样的病人……班主任和同学们都对他点头，因为他考个医学院真的是很简单的事情。

高考的时候，命运再一次捉弄了他，他突然上吐下泻起来，肚子一阵阵绞痛，脸色蜡黄，班主任看着他一瘸一拐地走进考场，眼里忍不住涌出了泪水。

成绩出来后，如广林自己所料，他没有考上医学院，只是被一家和医学不沾边的专科学校所录取。

广林是在收到录取通知书的第二天踏上了去南方的火车的，他哭着对来送他的班主任和同学们说，你们凑钱让我复读的心意，我领了，村子里也出钱让我再复读

第四辑 异常感慨

一年。但是，我已下定决心，不想再挤这座独木桥了，相信我自己能走出一条属于自己的路。

广林去南方后，一直都没有消息。同学们也都打探不到关于他的情况，直到在他离家两年后，班主任突然接到他的一个电话，电话里面，广林爽朗的笑声和一口纯正的普通话，让班主任为他揪着的心终于放下了。

这以后，广林始终给家里寄钱，弟弟妹妹也都相继完成了学业，我们大家都在为广林高兴。

等我赶到一百里以外广林的家时，同学们都已经到了。几年不见，广林已经胖了许多，脸上闪耀着喜悦的光芒，他看见我进来，扔掉拐杖，跟跟跄跄地扑过来想要抱我，我像以前那样，快步跑上前去搀他，被他一把拥进怀里，顿时，我的眼泪布满了脸颊，多年不见了，那份亲密依旧在。

广林这次回来是准备投资建一家养殖场的，他这几年在外打工，始终都没停下学习，最初他因为身体残疾不好找工作，在大街上擦了一年的皮鞋，后来他又去一家大型养殖场打工，他和老板约好，不要工钱，但是他想学习一些养殖知识，老板答应了，而且还给他安排了食宿。

在养殖场的一年，他虚心学习养殖知识，还自己买了很多学习资料刻苦钻研，一年后，他的养殖知识和经验已经让厂子里请来的技术员都自愧不如……这以后，老板就正式雇用他为技术员，年薪丰厚，一干就是多年。

他站起来对同学们说，我回来，就是想用自己所学到的知识，改变家乡的面貌，让家乡尽快富起来，我回来后，乡里、村里都给了我很大的支持，所需要批的手续都是一路绿灯，原来我所在的那家养殖场的老板也给

回家的路

了我强大的经济后盾,所以,我一定好好努力,争取把养殖场干得红红火火……

我带头站起来,鼓掌支持,然后凑到广林面前说,我可以来打工吗?他点点头,紧紧握住我的手说,让我们一起坚强走下去……

消 毒

刘主任干笑两声,急忙朝自己的办公室走去。他从仓库里拿出喷雾器,对正在替他写检讨的小卢说:"先别写检讨了,你还是先去打消毒液吧!"

王主任刚打开值班室的门,电话就响了起来。王主任懒洋洋地摸起电话,很随意地喂了一声。电话那边刚一说话,王主任的神经立即紧绷了起来。电话是校长打来的,校长问各个年级是否打过消毒液,并让他统计一下学生入校情况。

王主任说刚才看见高一在打消毒液,别的年级是否打过,他不清楚,并说现在就去了解情况。

今年春天因为禽流感病毒的疯狂蔓延,气氛显得格外紧张。为预防流感,各级领导三令五申一定把各项工作落到实处,在这样的形势下,谁也不敢掉以轻心。

今天是星期天,学生刚入校。王主任刚走出值班室,就看见对面楼上高一李副主任在打消毒液,他打得很认真,很仔细,任何一个死角都不放过。王主任看了一会,满意地点了点头。

第四辑　异常感慨

王主任来到高二级部，问刘主任他们是否打过消毒液，刘主任摇了摇头。王主任说校长刚才询问这事了，叫他们抓紧时间落实一下。

刘主任说自己没有领到消毒液，所以没法打。原来学校要求每天下午到总务科领消毒液，可是他们去领消毒液时，总务科关着门。王主任询问高三级部的情况，孙主任也说没有领到消毒液。

王主任立即把情况汇报给了校长，校长知道后打电话询问高一周主任什么时间领的消毒液，周主任说他们下午一上班就去领了。校长挂断周主任的电话，立即打电话把刘主任和孙主任一顿好批，并且叫他们抓紧想办法补救。

刘主任放下电话就联系总务科，可是总务科没人接电话。刘主任只得直接联系负责发消毒液的小孙，小孙说自己在外面办事，没法赶回去，还说即便赶回去也无济于事，因为仓库里已经没有消毒液了。刘主任只得无可奈何地挂了电话。

刘主任想既然没有消毒液，那就不是自己的责任，就心安理得地回家吃饭去了。

刘主任吃完饭回来，看见高三正在打消毒液，急忙问孙主任从哪里弄的，孙主任嘻嘻哈哈地说，校长不是叫我们自己想办法吗？亏你还是个年级主任，芝麻大的事都搞不定！

可巧这时校长过来了，校长询问刘主任情况，刘主任很不好意思地说没有领到消毒液，校长生气地质问为什么单单他没有领到，刘主任哑口无言。

不用说，校长再次把刘主任狠狠批了一顿，最后还让他写一份检查，深刻反省自己存在的问题。

回家的路

刘主任垂头丧气地来到办公室，他先是安排办公室小卢为他写一份检讨，接着气愤地再次拨通了小孙的手机，并质问他今天下午为什么不等他领过消毒液再关门。小孙非常无辜地说今天自己压根就没有去上班，而仓库里的消毒液大休之前就用完了，所以不可能有人领到消毒液。

刘主任稍加思索，恍然大悟。

他装作查看学生情况到高二和高三教学区转了一下，果然没有闻到一点消毒液的气味。这时，孙主任正好也在转悠，看见刘主任不住的抽鼻子，就漫不经心地说："现在的消毒液真差劲，一点气味都没有！"

刘主任干笑两声，急忙朝自己的办公室走去。他从仓库里拿出喷雾器，对正在替他写检讨的小卢说："先别写检讨了，你还是先去打消毒液吧！"

小卢接过喷雾器，一脸茫然。

按　摩

就在他推开按摩店的门时，正好与十几个出来散步的民工撞了个照面。蒋丰小声说，那天我瞎编逗大家开心，看来他信以为真了……蒋丰说完，民工们都朝小张坏坏地笑起来。

去过黑姑娘按摩店吗？那里小姐漂亮，按摩舒服，还有特殊服务。作为男人，不去享受一下，可真是白活了！这是一个阴雨天，工地上没法干活，民工们睡足了

第四辑 异常感慨

觉,不禁瞎聊起来。

蒋丰说完,又绘声绘色地描述一番,闹哄哄的民工宿舍顿时静了下来,有些民工闹着要蒋丰讲得更具体些。

想知道就自己去呀!我讲得再具体,有什么用?蒋丰转过身子,面朝墙壁,无论别人怎么问他,他都不搭腔。

民工们闹归闹,更多的不过是说说罢了,自己辛辛苦苦挣几个血汗钱,有谁舍得扔到那种地方?

有个人却听到心里去了———工头小张。小张自从做工头之后,挣了几个钱,按摩、洗头、足浴之类的事没少干过。这天,蒋丰讲这些话时,正巧他从宿舍外面经过,不禁驻足听了一会。

几天后,小张有些激动地推开那家按摩店的门。门一开,他的心跳迅速加快了许多,因为店里坐着三四个非常漂亮的小姐。她们多数很丰满,穿着暴露。

这时,一位小姐站起来朝他走过去,并问他是不是按摩。

小张急忙点了点头。与此同时,感到了一种强烈的失望,因为在小姐之中,这个不但穿着最保守,相貌最丑陋,而且年龄也是最大的,但他又不好说什么,只得狠狠地挖了几眼那几个依旧坐着的漂亮小姐,很不情愿地进了按摩间。

那位小姐的按摩手法倒是非常到位,可这根本不是小张最想要的。表面上看这个接近40岁的小姐绝对是正经女子,但小张还是不死心,于是趁着她给自己做手部按摩,大着胆子握住了小姐的手,小姐立即狠狠瞪了他一眼,小张只得规规矩矩地接受按摩。

这时正巧又有几位男子进店按摩,隔着薄薄的挡板,他听到别的小姐甜美的声音和被按摩者暧昧的笑声。

153

回家的路

小张难受极了。

轻轻地我唱首歌送给最心爱的你,让你聆听这个世界的美丽……正好这时手机响了,小张按下电话就说自己有重要的事情得处理,于是起身迅速离开。

我的运气怎么这么差呀!离开按摩店后,小张遗憾无比。隔几天,我再去一次,没准能碰上别的按摩小姐。小张想。

几天以后,他再次推开了那家按摩店的门,他依旧看到了那排非常性感的小姐,可是站起来走向他的依旧是那个小姐。他无精打采地趴到按摩床上,死猪一样,任凭小姐又捶又打。

离开按摩店,他一方面感慨自己运气不好,另一方面憋了一口气,那就是一定要多去几次,直到找到别的按摩小姐,于是每隔几天,他就去一次,可是每次都是那个又老又丑的小姐为他服务,他简直要发疯了。

这天晚上,他再次走进了那家按摩店,当然为他服务的还是那个小姐。怎么就那么巧呢?他百思而不得其解。

我的回头客来了!

不对,这人是我的回头客!

净瞎说!这人以前从来没来过,是一个新客,你们今天都接过新客了,这个应该归我。

……

听到外面几位小姐的对话,小张恍然大悟。看来,自己来的次数再多,给他服务的人也不会变,因为他是这个女子的回头客。

想不到还有这样的潜规则呀,小张哭笑不得。

就在他推开按摩店的门时,正好与十几个出来散步

第四辑 异常感慨

的民工撞了个照面。蒋丰小声说,那天我瞎编逗大家开心,看来他信以为真了……蒋丰说完,民工们都朝小张坏坏地笑起来。

小张恨不得找个地缝钻进去……

第五辑　非常感叹

在对的时间，遇见对的人，是一生幸福；在对的时间，遇见错的人，是一场心伤；在错的时间，遇见错的人，是一段荒唐；在错的时间，遇见对的人，是一阵叹息。生命之中，那些让你忍不住一声叹息的事情时时都在发生，当然，看似同样的叹息，引发叹息的原因却各不相同，给别人带来的感受也各有滋味。

黑白之恋

不管是人之间还是动物之间，感情永远是最珍贵的东西，如果一方背叛，会让另一方痛苦伤心。可是真正的感情却又是可以原谅的，就像小黑对小白的原谅一样。

小黑是狗，小白是猫。

小黑全身墨黑，圆圆的脸上镶嵌着一对透亮的黑眼

第五辑　非常感叹

珠。小白全身雪白，卧着不动时，像一团滚落到地上的白毛线。

主人很喜欢他们。

每次主人炖了小黑爱吃的大骨头，他都不舍得独自享有，总是喊小白一起吃。小白似乎不领情，经常用嘴巴轻轻触一下，就兴趣索然地离开。这让小黑伤心。他喜欢小白，但是想不出更好的表达方式。

其实，小黑不知道，小白也是喜欢他的，她喜欢乖乖躺在小黑的身边，听小黑给自己讲故事，它还喜欢小黑专注地看着自己的那对眼睛。那双眼睛是多么亮啊！亮得像一个纯净的湖泊，湖里漂浮着自己喜欢的柔柔的水草，如果可以在里面洗个澡，该是多么惬意的事情呀！每次，小白都在这样的想象中入睡……

时光在他们的相依为伴中缓缓流淌。

这晚，天气非常寒冷，外面漆黑一片，风呼呼地刮着。他们偎依在主人的床前，小白缩了缩身子，紧紧地靠在小黑的身上，小黑也将自己硕大的脑袋小心翼翼地抵在小白的脑袋旁。

他俩还没睡熟，正在睡觉的主人突然痛苦地叫了起来，小黑嗖地站起来，跑到主人的身边，焦急地用头拱着主人的身子。主人用手抱着肚子，在床上滚来滚去，根本顾不上理睬小黑。小黑一时不知该怎么办好，就去求助小白。可是小白早已双眼婆娑，更不知道怎么办才好。

这时，小黑突然就有了主意，他告诉小白，他去找大夫。在小黑打开门时，小白突然跑上去抱住了小黑的腿。小黑拍拍小白的脑袋，同意跟她一起去。

外面已经下起了鹅毛大雪，风像刀子一样割在他们

回家的路

的身上。小黑让小白跟在自己身后，这样他可以为她挡一下风雪。因为是山村，去村里的大夫家路很远，要翻过一座岭，还得过一座很不好走的桥。

终于到那座桥了，桥面很滑，很高，下面是结了冰的河面。小黑看着望不到头的长长桥索，虽说有些胆怯，却毅然跳上了木板搭成的桥面。小白跟在后面，吓得身子哆哆嗦嗦。

他们在桥面的中间慢慢走着，只剩下最后几步时，小白脚下一滑，摔倒了，眼看就要滚下桥面。小黑一个箭步窜到小白身边，一下拉住了小白，不料因为速度过快，小黑自己竟然滑下了桥面，眼看就要掉下去的一瞬，小黑把小白往桥面上使劲一推。小白安全了，小黑却重重地跌落下去。

小白想下去救他，可是根本无能为力。它在桥上看了好久，小黑跌到结了冰的河面上后挣扎了几下，就不再动弹，看样子是死了。

雪花纷纷飘落，小黑的身子一开始还是一个黑点，渐渐地，就淡化在一片雪白里。小白伤心地大哭起来……

过了好久，小白才擦了擦眼泪，朝桥的那头走去。

到大夫家后，小白使劲拉着大夫的裤脚往外走。大夫知道这是孤身老人老王家的猫，马上猜出老王的老毛病又犯了，于是急忙收拾药箱急匆匆地往老王家赶去……

老王得救了。

老王感激小白救了自己的命，对小白更加宠爱了。不过他恨透了小黑，都说狗重情重义，想不到它却在关键时候跑了。

第五辑　非常感叹

小白本想向主人解释，可是猛然觉得那样也许会主人不那么喜欢自己了。再说，反正小黑也死了，何必再告诉主人那些呢！

第二年春天，小黑才回到家里。那时，它已经饿得只剩皮包骨头了。那夜，小黑的两条后腿都跌断了，他好不容易才从冰面上爬出来。因为断了腿，他行动非常艰难，整个冬天都在饥寒交迫中艰难度日，无数次它差点被饿死。

你这死狗，我不行了，你也逃跑了，伤成这样才想起回家，你与小白真是天壤之别！看我不砸死你！主人随手拿起一根柳条就往小黑身上抽去。小黑没有叫，也没有躲，只是蜷缩着身子，任主人猛烈抽打……

打了许久，柳条一块块断掉了，主人才把半截柳条丢在一边，愤愤地进了屋。那时，小白就在旁边，有那么几次，她想上去护住小黑并说明情况，可是不知为什么，她一样也没做。

小白看见小黑的眼里流出了一串浑浊的泪水。她知道，他的疼，在身上，也在心底。

主人还是把小黑留下了，不过再也不让他进屋，也不舍得让他吃可口的东西。主人在门口的墙角胡乱打了个小棚，就算他的窝了。

小黑知道自己再也没有权利爱小白。不过，每当看见肥滚滚的小白从身边走过时，依旧会用他那黑亮的眼睛悄悄看看她。每当这时，小白就会羞愧难当地急忙低头走过。

不过她不知道，看见她生活得很好，小黑内心其实很幸福，他更没有生小白的气。在那个饥寒交迫的寒冬里，有多少次他想到了死，他是放心不下小白，想知道

回家的路

小白到底是生是死，到底活得怎么样，才顽强地活下来，并克服困难回到家中的。

兄弟之间

大运看二运不说话，又从怀里窸窸窣窣地掏了半天，最后拿出一张磨破了的纸样的东西交给二运，二运瞟了一眼，心头突然震了一下，他哆嗦着想去接那个纸片，手伸出去又缩了回来。

早上，在鸟儿清脆的叫声中，二运醒来了。

二运心情好极了。

二运心情好的原因是昨天那批料石又卖了个好价钱。石材生意越做越大，钱也挣得越来越多，二运感到日子过得很滋润。

吃过早饭，他领着小孙子出门溜达，走到门口，又折回身对刷碗的老太婆说："把储藏室里那些积攒的饼干给我拿点。"老太婆白他一眼："拿这个干嘛？都是些劣质点心，连黑子都不愿意吃……"

二运接过老太婆递过来的那袋有些发霉的饼干，临出门拍拍门口的黑子，又看了一眼手里的饼干，不知为什么，心里突然慌了一下。

走到大运家的时候，太阳已经爬上了门口那棵粗大的桑树，桑树已经有些年头了，长得枝繁叶茂，明亮的阳光透过桑叶细细碎碎地铺了一地。

二运让孙子站在院子里等他，他独自往屋里走去。

> 第五辑　非常感叹

娘去世后，他就很少来这个院子了。大运疯癫后的这三十多年里，生活不能自理，一直靠娘照顾着。娘去世后，二运觉得大运实实在在地成了一个累赘。

屋里黑古隆冬的，二运喊了一嗓子，过了好久，大运才走了出来，他披头散发的，身上的衣服被他撕成了一条条的，半个身子漏在外面，脸和身上因为长时间不洗，脏得像刚从锅底下爬出来。

二运倒退一步，不由得捂住了鼻子，大运目光呆滞地望着他，像是在看一个外星人，强烈的阳光刺得他不由得眯起了眼睛，他"啊啊"地叫了几声，蹒跚着走到桑树下，老迈的身影在身后拖成了一个长长的尾巴。

娘去世后，大运的精神有所清醒，饿了，也知道出去向人家要吃的。二运怕吓着小孙子，不情愿地喊了一声哥。大运没什么反应，只是看着门口站着的小孙子突然咧着嘴笑了，二运趁机把饼干递到大运的手里，转过身想抱起孙子回去。

大运低头看了一下手里的饼干，突然激动起来，他大声地朝着正要走的二运一迭声啊啊啊叫着，二运一脸迷惑地看着大运，不明白他的意思。

大运把手里的饼干递给二运怀里的孩子，脸上布满了忧伤，指指孩子，又指指自己，着急地摇着头，

大运这么比比画画了半天，二运愈加迷惑，他索性不再理睬，把饼干狠狠地扔到地上，抱起孩子走出院子，碎了的饼干屑撒了满地。

下午，二运躺在炕上哼着小曲，逗弄小孙子，门口拴着的黑子突然汪汪叫了起来，二运不情愿地去开门，大运怀里抱着一个破乱的纸包，看见二运出来，高兴地咧着嘴笑着，口水顺着嘴角滴到怀里的纸包上，二运感

回家的路

觉胃里一阵翻腾。

二运接过纸包一看,原来是早上那包被他扔了的饼干,还有那些碎了的饼干屑,大运也全都一点点捡起来放在了纸包里。

大运看二运不说话,又从怀里窸窸窣窣地掏了半天,最后拿出一张磨破了的纸样的东西交给二运,二运瞟了一眼,心头突然震了一下,他哆嗦着想去接那个纸片,手伸出去又缩了回来。

二运站在那里愣成了一截木头,他记起这是一张饼干的包装纸,记忆瞬间翻江倒海般回到小时候那个青黄不接的年代。那时候,饼干在乡下是多么奢侈的稀罕物啊!一般人是吃不起的。那年大旱,百姓求雨,村外香案上的贡品里有一包饼干,二运因为饿,哭了一夜,他是真想吃那包饼干啊!大运不顾被抓的危险,后半夜把那包饼干给偷了回来,看着二运吃得那么香甜,大运把包饼干的包装纸舔了舔,就放在了贴身的口袋里。第二天天还没亮,大运就被抓到生产队,批了三天三夜,回来就疯了……

原来大运的记忆还停留在精神失常时那个贫穷的年代,他以为饼干还是很贵重的东西,他是不舍得吃,想留给自己吃啊……

泪水模糊了二运的双眼,他跪倒在门口,想起小时候大运让他等在树下,他独自爬上高高的树杆,把最大最红的桑葚摘下来给他。想起那年,他趴在大运的背上,脚下是冰凉湍急的河水,大运让他不要害怕……他又想起娘临死前,望着大运,又望着他,久久没有闭上的双眼……

他疯了般地把那几包变质的饼干屑一把把塞到自己

第五辑　非常感叹

的嘴里，一边哭，一边吃，直到噎得说不出话。

看着已蹒跚走远的大运，他快步追上前去，然后弯下身，背起大运，擦把眼泪说："哥，咱回家……"

渴望在一起

他含泪离去，跳上墙头的一刹那，他想起她将孤寂的留在这里一千年，不禁悲从心来。他回过头去，看见了她无助的眼神，他忍不住伸出手，却被瞬间石化在墙头……

月光如水。

杂草丛生的后花园披着一层神秘的面纱。

虫儿都已入了梦乡，花园深处一片空寂。

她抬起头，看一眼正沉思的他，眼神里有藏不住的疼惜。

"石头哥……"她轻唤一声。

"嗯……"他抬眼看她。几百年的相依相伴，他们已经心意相通，一个眼神，一声轻叹，彼此都知道对方所要表达的意思。

他多想拥她入怀，在这样一个夜里，有月光，有微风，有羞涩的星星……他试着抬了抬手臂，身体依然安稳如昔，没有丝毫变动，沮丧又一次漫上心头，他垂下眼敛，看见了脚底下那丛蓬勃的杂草。

多年前，她和他作为两块石头被马车运到了这座后花园，经过工匠们多日的精心雕琢，成了两只栩栩如生

回家的路

的石狐狸。

那时候花园里多美啊，花儿姹紫嫣红，池水碧波荡漾，杨柳飘拂，莺歌燕舞。他们置身其中，站成了另一种风景。

只是时日不长，花园渐渐颓败，杂草疯长，无人光顾，一派荒凉萧索。她和他终日相对而望，孤独落寞，可以相伴的只有头顶那轮皎洁的月亮和不远处的一棵桑树。

岁岁年年，光阴逝去，时间久了，她和他竟然渐渐学会了语言和交流，慢慢产生了感情。

她喊他石头哥，他叫她石头妹，他们日夜私语，说园子里昔日的热闹，说世间万千景象，说风花雪月，说月圆月缺，说看到的，说想到的，说得日子慢慢有了光彩。

日子就这样过下去，让他感觉很幸福。

可是，那日她问："石头哥，你想大山深处的家吗？我真想去外面的世界看看……"说完眼神突然黯淡了下去，他不敢看她，沉默着，内心却翻江倒海，终于知道自己也有如她一样强烈的渴望。

他多想他能动一下，哪怕不能出去，只要再往前走两步，靠她近一点，也是一件很美的事情。他又一次试图抬起自己的手臂，可是用了用力，胳膊还是丝毫未动。

他感觉自己已经绝望地哭了，只是没有眼泪。

这时，旁边的老桑树突然开口说话："别泄气，你俩再有五百年就能自由行动了，再等等吧……"

"没有别的办法了吗？"他俩惊诧于老桑树的话，但还是忍不住异口同声地问道。

"如果想早点获得自由，唯一的办法就是先出去一只，留下的那一只代替另一只修炼五百年，也就是一千年之后才能自由……"老桑树舒展一下筋骨，语气平缓

第五辑　非常感叹

地说。

她和他彼此对望了一下，没加犹豫，一起抢着说："我留下……"

月光暗淡，一夜无语。星星也隐进了云层。

早上，阳光细细碎碎地落了一地，她轻唤："石头哥，还是我留下吧，一千年以后，你回来找我……"他忧伤地看看她，迟疑半天，点点头，不忍心再拒绝："……让你先走，我会担心你在外面的安危……"他的话语有些哽咽。

老桑树严肃地说："一会先走的那只，离开的时候，是不能回头的，否则，他会重新变成石头，那样的话，你俩就永远也没有自由的机会了……"

他含泪离去，跳上墙头的一刹那，他想起她将孤寂的留在这里一千年，不禁悲从心来。他回过头去，看见了她无助的眼神，他忍不住伸出手，却被瞬间石化在墙头……

月亮爬上来焦急地问桑树："石狐狸为什么要回头啊？"

老桑树满脸落寞，叹口气说："因为他们渴望在一起……"

我们一直在

梅子是让人同情的，生活刚刚好起来就得了病，而且就连美好的爱情都要失去，这多么让人伤心和难过啊，难道就这样看着梅子渐渐失去对生活的希望，在痛苦的

回家的路

深渊中越陷越深吗？

听说梅子病了，我第一时间赶到了老家。

从小我们一起长大，亲如姐妹，再忙，我也应该回来看看她。

我考上大学的时候，梅子已经辍学在家，后来她去邻村的塑料加工厂工作，挣钱供弟弟上学，因为工作忙，我们来往就渐渐少了起来。

其实梅子学习比我好，如果条件允许的话，考上大学是没有问题的。只可惜，她父亲早逝，只有母亲一个人独自拉扯梅子姐弟俩长大，家里条件实在很差。

梅子善良，她虽然那么渴望能去上学，可是面对现实，她还是选择了退学回家。

后来听说，梅子工作努力，工资挣得很高，家里条件也已经越来越好，前几年还参加了成人高考，并且已经拿到了毕业证书……生活刚刚在梅子面前展开美丽的画卷，她怎么偏偏又病了呢？

我来到梅子房间的时候，她母亲正在和她说着什么，梅子苍白的脸上显出疲惫的神情，看见我进来，脸上一愣，随即开心地笑了起来……

我们还和以前一样，无所不谈，只是梅子的眼睛里明显写有深深的失落，这让我感觉有些难受。我开始追问她的病情，开始她吞吞吐吐不肯说，后来看见我流泪了，才和我说了一些。

原来，梅子的病，如果有钱动手术，是完全可以治愈的，只是因为怕拿不出住院的钱，才在家里拖着……而且她前些日子还谈了一个男朋友，怕连累他，就提出了分手。可是那男孩却痴心得很，一直不同意分手，每

第五辑 非常感叹

天都来看她，但是每次来，都被梅子狠狠地骂走……

刚才，我来之前，那男孩也来了，梅子倔强地不肯让他进门，所以，他只好无奈地离去，可是，那男孩走后，梅子却难受得心如刀割，其实，她也是爱他的，可是想起自己现在这个样子，她怎么能接受他的爱呢？只会连累他……

回来后，我好几天都平静不下来，我是梅子的朋友，可是却一点都帮不上她，这让我感到很自责。

同事听我说了这些事以后，沉思半天突然问："农村现在不都施行'新农合'吗？而且国家近期又出台了很多新的医疗措施，都是针对看不起病的弱势群体的，你没有帮梅子上网查查，看看她是否符合条件，说不定像她这样的情况，国家给予报销后，根本用不了多少医疗费用呢……"

没等同事说完，我已经快速打开网页搜索了起来，果真像同事说的那样，原来现在农民看病报销比例已经很大，而且在一些大病上，国家还有另外的政策，以保障农民看得起病，住得起院……

第二天，我就急不可待地来到了梅子家，告诉她这个好消息。另外，我又在网上的那些公益组织里面，帮梅子争取了一些救助资金，梅子的病不用愁了。

手术顺利进行。当我再一次去医院看梅子的时候，梅子的身体已经渐渐康复了起来，那个男孩陪在梅子身边，脸上溢满了幸福的笑容。

我说："什么时候给我喜糖吃？"俩人听了我的话，不自觉都红了脸。我正要取笑，梅子却突然红了眼圈，她说："谢谢你，如果不是因为你，我也不会好得这么快……"

回家的路

男孩也站起来对我说着同样的话，一时之间，让我不知所措起来，我说："你们都错了，这不是我的功劳，这是因为国家的政策好，如果没有国家的好政策，我哪有这么大的本事……"

临走的时候，我看着梅子哭红的眼睛笑着说："别怕，一切都会好起来的，因为我们一直在……"

外面暖暖的阳光洒了一地，像极了我明媚的心情……

只因你善良

不……因为你的善良遮盖了你所有的缺点，在我眼里，你是世界上最美的姑娘……男人认真地说，善良的梅子终于好心得到了好报，让我们给梅子送上最美好的祝福吧。

梅子看见躺在路边的那只钱包时，已经离下班时间过去了半个小时，同事们都下班早走了，单位门口的小道上，人迹罕至。丢钱包人的肯定是和她一个单位的……梅子想。因为厂子地处郊区，平时很少有人到这里来。

梅子最初来这家单位的时候，就是因为单位门口这条幽静的小道而决定留下来的。石板条铺的路面，干净素静，两边茂密碧绿的法国梧桐树叶遮住了半边天，天气好的时候，阳光会从树叶的缝隙中碎碎地落下来，石条板路面顿时变得五彩缤纷。

梅子捡起那只显眼的钱包，有些手足无措。路上一

第五辑 非常感叹

个人都没有，她该怎么样才能找到失主呢？"只有在这等会了……"梅子心中想。

正值春末夏初。天气温暖而舒适，不远处的草坪像是一方柔软的地毯，让梅子忍不住想去躺一会，这几天太累了，连日加班，只是因为上大学的弟弟又快交学费了。前几日，去邮局给弟弟寄学费的路上，恰遇一乡下来的女人丢了钱包正在哭泣，所以梅子顺手把给弟弟的学费给了那个女人，所以耽误了给弟弟寄学费。没办法，只有多加班，尽快给弟弟凑齐再寄吧。

想到这里，梅子不禁有些开心。她想起女人说她将来会找一个好婆家的样子。

梅子站得有些累了。她找了块路沿石坐了下来。

梅子脸上有一块触目的红色胎记。她知道自己有缺陷，所以从没有奢求会有男孩子喜欢她，也从没有想过找对象之类的事。她想自己这样丑陋的女孩是不会有人看上的吧……自己只想好好工作，让弟弟完成学业，这就是最大的幸福了。

黑色轿车在自己身边停下来的时候，梅子感觉自己饿得有些发晕。还有半个多小时就到上班时间了，如果失主还不来的话，就耽误自己上班了，梅子不禁感到有些发愁。

从车上下来的男人是厂子里面的工程师。听说他前几年大学毕业来到厂子后，因为工作出色，厂子给他配了车，买了房子，前程一片辉煌，可是不知道什么原因，他一直没找对象，平时也是很高傲的样子，所以没有女孩子敢主动靠近。梅子也有些怕她，现在看见他突然从车上下来，更是有些惊慌失措。

男人问梅子："你看见有只钱包了吗？我刚才下班

回家的路

走到这里的时候，大概掉在这里了……"梅子有些惊喜："原来是你的钱包啊，赶紧还给你，这下不耽误我上班了……"说完想也没想就把钱包塞到男人手里，一溜烟地跑回了厂子。

梅子心想，自己终于等到失主，完成任务了。

不料还没等她坐稳。男人却突然找到了梅子。

男人说，这不是我的钱包，我打开看了，里面的照片不是我的，不信你看看。梅子有些惊讶，怎么会呢？难道还有别人也丢了钱包了吗？

男人说，我和你一起去找真正的失主吧。梅子说，怎么找？看这照片也不像我们单位的人啊……

男人说，我有办法，等下了班，我和你一起去路边等，丢钱包的人肯定会回来找的。

梅子下了班，那男人拿着钱包果然过来找梅子。梅子只好和他一同去路边等。

等了几天，一直没等到失主。梅子不禁有些着急，她和男人说，要不我们把钱包送到派出所吧，如果人家里面有贵重东西急着用，我们不是耽误人家了吗？

男人看梅子认真的样子，终于忍不住笑了起来。

他说，你可真傻，钱包就是我的，这一切都是我安排好的，因为我喜欢你，我想用这种方式来接近你，希望你别生气。

梅子听了男人的话，感觉自己的的脸瞬间红成了一个大苹果。

男人说，还记得那个丢钱的女人吗？当时你掏钱给她的时候，我正好也在旁边，那时候，我就已经喜欢你了……

可是……我的脸……梅子有些语无伦次。

第五辑　非常感叹

不……因为你的善良遮盖了你所有的缺点，在我眼里，你是世界上最美的姑娘……男人认真地说。

此时阳光明媚，梅子突然看见了漏泄下来的阳光正在路面上跳着舞，样子很美很美。

那场意外

张医生不但医术高明，而且医德高尚，可是却遇上了这场意外，他为了赔偿死者家属，变卖了家产，关闭了诊所，外出打工挣钱。可是事故的真正原因是什么呢？

张医生医术很好，再加上他为人厚道，虽说镇上诊所不少，但附近村庄的人都喜欢找他看病。

这天，张医生刚起床，手机就响了起来。电话是岭上村的王村主任打来的。多年来，王村主任有个小病小灾的一直找他看。张医生按下接听键，就听他老婆张婕说，老王感冒了，烧得厉害，叫他过去给看一下。

张医生说，你让他过来吧，小王还没来，我怕诊所来病人。

电话那头停顿了一会说，我浑身难受，一步都不想走，还是你过来吧！是王村主任的声音。一听他那沙哑的声音，张医生心一软，就答应了。

张医生背上药箱骑上车就往岭上村赶。来到王村主任家，经过一番仔细的望闻问切，张医生心中就有数了，就是普通感冒，不过拖久了，烧得重些，就让他跟自己到诊所挂吊瓶。

回家的路

在家里挂不行吗？我实在不愿意动呀！王村主任沙哑着嗓子说。

那不行！张医生轻轻地摇了摇头。

咱可是多年的老朋友了，连这点方便都不行吗？王村主任说。

这不合乎规定，你看我也没带药，你还是跟我去诊所吧！张医生口气有所松动。

村里事多，我在家里挂，不耽误。去你那里，实在不方便。再说了，今天说不定镇上还来人，我不在家不行。王村长说。

张医生犹豫了一刻，就答应了。从诊所拿来药，眼看一瓶打完，村主任的精神已渐渐好转，大家都松了一口气。王村主任丢了一个眼色，张婕就到厨房张罗着炒菜去了。张医生急忙过去劝止，王村主任说，你就别管了，这么冷的天，让你跑了好几趟，怎么也得喝几杯暖和暖和。

很快，厨房里就飘来了一阵阵香气。这时，张医生的手机响了起来，原来是小王医生打来的。小王叫他抓紧回去，因为诊所来了个需要保胎的孕妇，张医生让孕妇先坚持一会，小王说孕妇疼得要命，还有轻微的出血。张医生认识到事态的严重性，急得额头不住地冒汗。

快去吧！孕妇的事不能耽误。我这里你放心就是了，对了，别忘了，那边一忙完，就过来喝酒呀！王村主任说。

张医生再次看了看刚换上不久的吊瓶。吊瓶里的药正不紧不慢地滴着。他攥了攥拳头，推开屋门，发动摩托，风掣电驰地往回赶去。经过一番紧张的救治，孕妇疼痛终于止住了。

这时，张医生的手机再次急促地响了起来，按下接

第五辑　非常感叹

听键,张医生就听到了手机里的号啕大哭声,快点来呀!老王不行了!

出现过敏反应了?张医生急速赶回王村主任家时,一切都晚了。

王村主任今年38岁,有三个孩子,第一个是女儿,后面两个是双胞胎男孩。因为这是最严重的医疗事故,处理结果是张医生赔偿九十万元。

后来张医生卖掉了房子和所有的家产,包括诊所里一些值钱的设备,可离那个天文数字还是相差很远。万般无奈之下,张医生只好背起行囊远走他乡出去打工挣钱,曾有一起干活的工友问他,你后悔吗,如果再让你选择一次,你还会回去救那个孕妇吗?

张医生沉默了许久才说,王村主任遇到的是最严重的过敏反应,这种情况,即便是在大医院也很难抢救得过来。但是,如果我不及时赶到,那位孕妇和她的孩子却都有生命危险……

就在张医生在外地打工时,那个被救了的孕妇在当地发起了一场捐献活动。出了这样的事,十里八村的人都觉得很难过,毕竟大家都知道张医生的医术和为人。附近的人虽然不怎么富裕,但这场捐献活动还是进行得很顺利,不久大家就捐了七十多万。

当那位孕妇把捐款交给张婕时,她把存折紧紧地抱在怀里,热泪横流。不过,最终她只要了一半赔款,别的钱,她让张医生重新开起了诊所。从此,张医生行医愈加谨慎,医术上也精益求精,在群众间威信不但没有降低,反而更高了。

其实,在王村主任的死因上,张婕隐瞒了一个重要的信息。那天,张医生离开不久,镇上就来电话了。镇

> 回家的路

上准备过来询问王村主任村办工厂的事,王村主任负责的村办工厂出现了很大的亏空。那天,刚放下电话,本来就有心脏病的王村主任就捂着胸口,挣扎了几下就没了气息……不过,自始至终,张婕没把这事告诉任何人。

母亲的心事

随着经济的飞速发展,随之而来的各种环境污染问题也越来越严重,就连偏远的乡下也不能幸免,跟着遭殃起来,母亲的担忧是有道理的,希望这个严重的问题能早日解决。

这个星期天,母亲突然从乡下来了。

让我感到惊讶的是,母亲这次来我家,不但领着小侄子说要多住几天,还捎了个大大的塑料桶。

进门后,还未等我脱掉鞋子,母亲就着急地把我拉到沙发上坐下。她神色凝重地看着我,我被她看得心里一阵阵发慌,终于忍不住问:"妈,有事你就说,干嘛这么看着我?"

母亲小声说:"以前我反对你写小说的事,你还记仇吗?"

听到这样的话,紧绷了半天的神经终于松懈下来,我忍不住笑了,没事了,我早忘记你反对的事了,说完就站起来去收拾衣物。

可是,母亲还是跟在我后面,踌躇着,像是有什么话要说。我回过头去问:"妈,你有事就直说吧!要是

第五辑 非常感叹

没什么急事,我可上班去了!"看我真的要走,母亲忙答应道,你先别走,我说,我说……

倒了杯水给母亲。她坐在那里,眼里的泪突然滑落下来,哽咽道:"玲子,你们常年在城里住,不知道家里的情况,咱们那地方以后没法再住人了……"看着母亲这样,我的心马上就揪了起来,到底出什么事了?怎么会没法住人了呢……

母亲没喝我递过去的茶水,而是擦擦眼睛继续说道:"自从咱们村前几年从外地迁来了一些石料厂后,从那些厂子里排出的污水都灌到了田地里,乡亲们的庄稼被毁坏了很多,这不前几天我和你爸种的那块花生,刚刚冒出了新芽就被上游石料厂流下的废水给淹,那块地直接废了啊!说到这里,母亲已经哭得说不下去。

我的心压抑着,不知道该怎么安慰母亲。停顿片刻,我问母亲:"那你们为什么不去村里找领导啊?"母亲说,"该找的都去找了,哪有什么用?听说,这些项目都是镇上从外地招商引资弄来的……"

过了片刻,母亲的情绪好像平复了许多,她说:"玲子,你别记恨妈以前反对你写小说的事,这次我来也是乡亲们的意思,他们问你能不能把这些事写出来登在报纸上,以便引起人们的注意……"

我低下头,实在不知该怎么回答母亲才好……

你看,我为什么要捎个塑料桶来,母亲看我沉默不语,已经起身去把门后的塑料桶提了过来让我看,我摇摇头表示不知道。

母亲说,我准备临走时灌满水捎回家给你小侄子喝,家里的井水都让石料厂给污染了,我和你爸老了,喝就喝吧,孩子怎么能老喝那样的水呢?

回家的路

　　我记起过年回家的时候，村子西边的那座大山已经没有了童年记忆里的郁郁葱葱的影子，那么巍峨的一座山，被连腰截断，山上的百年松树都被砍伐光了，大山的身躯被一寸寸运到山外……泪眼婆娑中，我又想起村子里那些和父母亲一样祖祖辈辈都生活在这里的乡亲，不禁想，难道发展非要付出这么大的代价吗？以后他们该怎么生存下去？

　　母亲回去的时候，我给她灌了满满一大桶纯净水，看着客车徐徐开动，我忍不住再一次泪流满面……

温暖的地方

　　您来拿过胃药，我知道您的胃不好，不料您听了我的话，竟然呆立许久，然后缓缓坐下，在我禁止您抽烟的时候，还是拿出自己的旱烟袋，把烟丝摁满，狠狠吸了起来……

　　秋雨飘尽的时节，寒意渐渐漫了上来，冬天已在不远的地方招手……那几日树叶铺天盖地落下来，厚厚的铺了一层，没见您来，也没见您扫这些落叶，我以为您已经辞职离开了工地，每个中午，您扫完地看我不忙，都会过来喝茶，而泡一杯茶等您，已经成了我的习惯。您在对面新开发的楼盘工地上看大门，开发商给楼盘起了一个好听的名字叫"青花瓷"，因为这个古朴而富有诗意的名字，我喜欢上了这个正在兴建的小区，连带那每日的嘈杂和工地上的噪音，都没有引起我多少反感。

第五辑　非常感叹

所以，当您第一次推开店门，客气地说想要一个纸箱子的时候，我想都没想，立刻很开心地去帮您拿了一个，因为我看见您工作服上写着"青花瓷"几个字。因为离得近，以后，您空闲的时候，会经常来店里坐坐。早生的白发覆盖了整个头顶，微驼的背部让您增加了几分苍老，我喊您大爷，您很开心地应着，让我感觉您那么亲切。有时候看我坐在电脑前噼里啪啦地打着字，您会问我，您去过大连吗？在电脑上能看见那个地方吗？……我答应着，飞快地打开网页，找出大连的照片给您看，您凑过来，看着看着，眼睛就会慢慢起一层雾，然后快速走开，任我在后面急切地喊您，您也不回头，只是匆匆地回了工地。可是过几日，看我在电脑前坐着，您又会央求我给您找大连的照片看，然后看一会，没等我有所反应，又像前几次那样匆匆离去，几次三番下来，让我愈发不明白您为什么这样。只是再来喝茶的时候，您绝口不再谈这个话题，我虽然不解，却也不好意思再问。您知道我喜欢绿色植物，您就在工地上种了一盆盆的吊兰、绿萝，还有发财树什么的，再来的时候，您会搬几盆过来，我不好意思要，您就有些恼怒，看我答应了，您就会开心地搓搓手，端起我泡好的茶大口喝着，然后坐在靠窗的沙发上望着窗外，偶尔小声唱几句，那神情就像是到了自己闺女家一般随意。日子平缓流过，只是随着季节变化，您的眉头却紧锁着，让我猜不透您有什么心事。树木终于落尽了最后一片叶子，只是再也没看见您的影子。那个中午，暖暖的阳光透过落地玻璃斜斜地照在沙发上，一块一块变换着位置，像是移动的一张笑脸，我想起您平时坐在那个位置喝茶的样子，那时您慈祥的脸上总是挂着笑，看我不忙，一会问我孩子的学习成绩，

回家的路

一会又问我父母的身体状况，嘱托我好好照顾孩子，多回家看看父母，我总是认真地点头答应，可是没说几句，您又会急匆匆地回到工地，因为换班的时间就快到了。那个早上，看我开门，您装了满满一袋子自己种的蔬菜给我送来，您说以后尽量少去超市买菜，还是让孩子吃自己种的蔬菜放心，然后就急匆匆上班去了，从那以后，您每天都会过来送菜，好几次看着您蹒跚走远的背影，我都会感动许久……那天换完班，我给您泡了一壶我珍藏的红茶，我说红茶暖胃，绿茶性凉，以后还是多给您泡红茶。

您来拿过胃药，我知道您的胃不好，不料您听了我的话，竟然呆立许久，然后缓缓坐下，在我禁止您抽烟的时候，还是拿出自己的旱烟袋，把烟丝摁满，狠狠吸了起来……我知道您有心事，可是您不说，我又怎么能问？我只是嘱咐老公和孩子多去您的宿舍看望您，就像是看望自己的亲人。一日一日没有您的消息，让我心里空空的，像是丢失了什么东西，因为这么长时间的相处，不知不觉我已把您当作了亲人，我挂念您就像挂念自己的父母……我天天往工地跑，我缠着工头打探您的情况……可是当时您走得急，工头只知道您请几天假，别的具体情况也是一概不知。再次见到您的时候，两个月已经过去了。您推开店门进来的时候，我正戴着听诊器给病人检查身体，看见您蹒跚的身影走到我身边示意我先忙的时候，我的眼睛瞬间湿润了起来。我忙完后赶紧给您泡茶，就像以前的日子，您还是坐在老地方，微笑地听我唠叨这段时间对您的牵挂。在我回转身准备去烧水的时候，您突然小声说："闺女，谢谢你，谢谢你让我感到亲情的温暖，知道了亲情的珍贵……"我一时

第五辑　非常感叹

呆立，不知说什么好，您让我坐下，慢慢给我讲了一个故事……原来这段时间，您去了前妻那里，当年前妻带着女儿抛下您去了大连嫁给了另一个男人，从此你的心像浸在冰水里再也没有暖过，后来，那个男人去世，而女儿也长大成人，大学毕业后在大连当了老师，现在都已经是教授了……女儿和前妻回来找你，被你冷酷地赶走，但是她们回去后却经常给你寄东西，并写了很多让您去大连生活的信件，您一直都不理不睬，这么多年一直独自过，您以为已经适应这样的生活了，直到前段时间，您和我们全家接触后，心中竟慢慢涌上了一份对亲情的渴望，特别是我给你泡红茶后，您才知道女儿一直给你寄红茶的良苦用心……您说，您回来收拾一下，就搬到大连去，有时间您还会回来看望我们的……我眼中浸满喜悦的泪水，我说去吧，那地方才是您心中最温暖的地方……

春　妮

春妮听完刚子的话，心中慌乱无比，她望着窗外那几排高大的松树，泪水突然就溢满了眼睛，她说，我不走，我要等海子回来……春妮能等到海子吗？

离家三天后，春妮赶到了部队。

春妮来部队是为了找海子的。她和海子已经五年没见面了。这几年，只要一想起海子，她就想起海子临当兵时的样子——黑黑的脸上一天到晚挂着笑，有时，趁

回家的路

她不注意，会突然向她打个敬礼，还看着她的眼睛认真地说，将军夫人，好好在家等我，五年后，我回来娶你！每当此时，春妮往往红着脸站在那儿，不知所措。海子就会趁机刮一下她的鼻子，迅速逃离。

想到这儿，春妮的脸不觉又红了，她抬起头，看看门口那两个站岗的战士，她怕他们会猜透自己的心事……正在这时，却猛然发现一个穿军装的男子，径直向自己走来，春妮揉揉眼，细看，却不是自己朝思梦想的海子。春妮跟这个男子去了招待所。男子告诉她，他是海子的战友，叫刚子，海子去外地集训去了。那他什么时候回来？春妮急忙问。刚子一边收拾东西，一边随口答道，他回来还早呢！停了片刻又说，他让你在这儿住几天就回去，别等他了。

春妮听完刚子的话，心中慌乱无比，她望着窗外那几排高大的松树，泪水突然就溢满了眼睛，她说，我不走，我要等海子回来……

转眼几天过去了，看刚子真的不会回来，春妮就忙着出去找活干。每次找活回来，都看见刚子给她留的字条和一袋袋吃的东西。看见这些，春妮心中就会暖暖的，仿佛这东西是海子留给她的。

这天刚子又来看春妮，春妮告诉他自己已找到工作了，不用天天住在这儿了。刚子什么也没说，就开始帮春妮收拾东西。

在去厂里的路上，春妮忍不住又和刚子讲起了和海子的那些事，春妮说，海子小时候最大的梦想就是当兵，他说当了兵就可以当将军，可好容易长大了，又因为家庭出身不好，差点没当成……说到这里，春妮的眼神突然就黯淡了下去。

第五辑　非常感叹

春妮找的活很重，根本就不适合她干，可她硬是坚持了下来。这天，春妮累倒在车间，被工友送进了医院。出院时，刚子来接她，并交给她一封信，信是海子写给她的，从信的日期来看，那是春妮刚来部队的时间。海子在信上说，自己在一次实弹演习中受伤，已经严重残废，不能再和她结婚了，让她回家另找他人嫁了。

当然，春妮不相信这是真的，她坚持要见到海子。

好吧！我带你去！刚子叹了口气说。

我只能把你带到这里，能不能见到他，那就看你的运气了。刚子把春妮带到部队附近的一个菜市场说。不管能不能见到他，我都真心地感谢你，春妮正说话间，忽然发现海子正和一个怀孕的女人拉着手在市场上买菜。

春妮身子抖了好几下，多亏了刚子急忙扶住，她才没倒到地上。

对不起！原谅我一直瞒着你，我以前以为让你知道真相会极大地伤害你，现在才知道，只有让你知道真相，才不会继续伤害你。犹豫了半天，刚子又说，海子的媳妇是我们部队的，她爸爸是一位真正的将军。

春妮木然地站在那里，任周围的人流从她身边熙熙攘攘地走过。她的心却突然就不慌了，不知怎么的，她忽然又回忆起当年为了让海子能去当兵，她单独去求大队书记时，心里慌作一团的样子……

第二天，春妮就坐上回程的列车。也不能再拖了！不到半个月就是她和石头大喜的日子了。这次来部队她本来是背着家人和石头的。

其实，这五年，她一直在纠结，她是迫于家人的压力，并觉得对不住海子，才下定决心答应了自己并不怎么喜

回家的路

欢的石头的追求的。她想在结婚前与海子见一面，并和他说说话。来到这儿，她又觉得自己这样做对不住石头，更不知道怎样向海子解释。可是跑了上万里路来到这里，见不到海子就回去，她又不甘心。

在列车上，春妮看着窗外是绵延不断的漫漫黄沙，脑海中一遍遍浮现着当年海子向自己敬礼时憨态可掬的样子。

这，也许是最好的结局吧！春妮轻轻叹了口气，突然间，眼泪就流了一脸。

神秘的贼

就在查理斯松了一口气的时候，几天后他再次核算账目时，顿时懵了，难道另一个伙计也有问题？他简直无法相信这样的事实。这晚，他彻底失眠了！

美国密苏里州的查理斯夫妇经营着一家专营电子产品的连锁店，店铺生意极好。他们觉得打理生意有点吃力，就雇用了两个伙计，店铺变得更加红火了。

赚钱虽多，查理斯的内心却很遗憾，因为妻子身体不好，并且越来越差，他打算和妻子到大医院查一下病因，但店里的管理工作实在太忙了，他几乎脱不开身，他打算将店铺交给两个伙计中的一个来管理，他们都非常优秀，他一时拿不准到底把店铺交给谁更好。

这天晚上，查理斯先生一边核算着一天的收入，一边不时皱皱眉头，心中的疑惑越来越深……第二天他早

第五辑 非常感叹

早地来到店里，悄悄盯着顾客和两个伙计，可是他没发现任何问题。店铺关门后，查理斯先生把这一天的账目仔细地核算了一遍，心中的那份沉重感依旧让他窒息。

顾客应该没有机会偷走东西，那么是哪个伙计有问题呢？他是用什么方法把东西或者货款偷走的呢？转眼一周时间过去了，这一周他几乎夜夜失眠，虽然如此，他却没把这事告诉妻子，他不忍心再让憔悴无比的妻子增加烦恼。

这天，妻子没去店铺，他把店里的事情交代给了两个伙计，自己悄悄到店铺斜对面的咖啡店喝咖啡。下午下班后，他忽然发现彼得鬼鬼祟祟地从仓库里出来，手提袋里明显有东西。他没有直接拦住他，而是悄悄开车跟在他的后面，直到看见他走进一家二手电子产品交易店。

等彼得出来，查理斯早已等在了那家店铺的门口。一看见查理斯，彼得的脸立刻红透了。"我现在需要回家给妻子做饭，我希望今晚我们能单独谈谈！"查理斯冷冷地说。

然而，那晚查理斯没有等到彼得。第二天，彼得就不辞而别了。出于对他的尊重，查理斯没有把他离开的原因告诉别人。他只是有些感慨，其实打心眼里，他还是想把店铺交给彼得来管理的，他实在想不到彼得竟是这样的人。

就在查理斯松了一口气的时候，几天后他再次核算账目时，顿时懵了，难道另一个伙计也有问题？他简直无法相信这样的事实。这晚，他彻底失眠了！

第二天，他到附近一家医院去治疗失眠，他好不容易才找到那个可以治疗失眠症的精神病科，正欲敲门，

回家的路

忽然听到里面传出熟悉的声音,从虚掩着门的缝隙里,他惊讶地看见了妻子的背影……

"夫人,你必须马上住院治疗,不能再拖延下去了!"大夫严肃地说。

"如果不住院,后果会很严重吗,我怕我丈夫会知道……"

"您最好和你丈夫说出实情……"

查理斯先生两腿发软,他确定妻子怕他担心才对自己隐瞒了得了重病的实情。他想直接走进去,又怕那样会吓着妻子,就悄悄转身下楼。不一会,妻子若无其事地回到了店里,查理斯先生也强装笑颜,装作什么也不知道。

快下班了,妻子照例去仓库转了一圈,然后背着购物袋就回家了。查理斯先生没有像以前那样等到很晚才回家,而是急忙起身关了店门,开车跟在妻子的车后,他想今晚回家下厨……没想到妻子忽然调转车头,把车开往了那家二手电子产品交易店。查理斯先生的心狂跳着,他从很远就看见妻子和工作人员熟练地交易着。他痛苦地想象着妻子这样做的理由,她在偷偷为自己筹钱治病。

我不能再拖,我必须知道妻子的病情。他马上驱车赶到了医院,找到那个大夫说明来意,大夫想了想说:"先生,保护病人的隐私是我们的职责,但这个病人是个例外,我应该让你知道,不然太可怕了。她得了一种叫'冲动控制障碍'的精神疾病,她随时会控制不住地把别人或家里的东西偷偷拿去卖掉……"

查理斯先生目瞪口呆。

既然如此,难道自己冤枉了彼得。他几经周折才好

第五辑　非常感叹

不容易联系上彼得，当他对彼得表示歉意并希望他重新回来后，彼得在电话里长叹一声说："你妻子有精神疾病和偷东西的情况我们知道，她怕你担心，才要我们对你保密。但是你没有冤枉我。那天，我心血来来潮偷了一件电器。我本想浑水摸鱼，谁也不会知道，没想到正巧被你发现了。老板，我知道你打算让我管理店铺，你对我这么好，我却做出了这样的事，我再也没脸见你！现在我一直找不到工作，全家人几乎连饭都吃不上！不过，请你相信我，我仅仅偷过这一次，真的，仅仅一次！"接着彼得便呜呜地大哭起来。

查理斯先生长长地叹了一口气。

杏花儿开满了山

杏花的脸上因为兴奋而红彤彤的，就像是那遍野的熟透的红山枣。她跑进屋里，对躺在炕上的奶奶说，奶奶，我又可以上学了，只要能上学，我就可以考上大学，实现我的理想了……

山路崎岖，漫山遍野的野枣红了一片。

杏花手里拿一竹篮，她在采摘野枣。

野枣可以卖到镇上的杂货店，那里常年收购山里的东西，什么蘑菇啊，丹参根啊，葛根啊，就连酸枣树的树根，他们都要。

杏花不愁了，只要这个秋天多卖点药材，攒够了学费，来年春天就可以上学了，落下的课自己在家偷偷跟

回家的路

上，还是可以考第一的。

想到这里，杏花感觉秋风不再那么硬邦邦的了，浮在脸上，有些暖暖的……

杏花想到早逝的爸爸，还有在遥远的地方打工的妈妈，心中漫过一丝苦涩和担忧，她想爸爸和妈妈了，也不知妈妈怎么样了，以前的学费都是很早就寄来了，怎么这次这么长时间没寄来，而且连封信都没有，杏花想到这里，感觉眼角湿湿的，她抬起胳膊用袖子擦了一下眼睛，学着奶奶的口气说了一句："山风迷了眼呢……"

杏花按照妈妈信上的地址给妈妈写过几封信，可都没有回音，杏花很是担心妈妈，可是，家里只有七十多岁的奶奶和自己，就算是担心，能有什么办法呢？杏花想，肯定是妈妈换打工的地方了，过些日子就会给自己写信的，现在只有自己想办法把学费交上，别耽误学业，因为爸爸临去世的时候嘱咐过自己，只有好好学习，好好上学，才能学到本领，才能干大事……

杏花牢牢记住了爸爸的话，在杏花的心里，所谓的大事就是能修一条路，不用天天再爬那条狭小的山路就行了，所以，杏花决定一定要好好上学，长大了给村子里修一条大路……

杏花信心满满的，她抬头看一眼大片的酸枣林，还有挂在矮小的酸枣树上那些饱满的红酸枣，身上顿时升腾出一分力量，远处松木层叠，山石矗立，这山上的景色真的很美呢，等有时间，自己一定要奶奶也来看看这山顶的美景，只是奶奶老了，怕是很难爬上这么高的山了……杏花有些沮丧，不过，她抬眼看一下山上的路，又想，不怕的，等自己长大了，可以修一条宽阔的山路，到时候自己开车把奶奶载到山顶不就行了吗？杏花脸上

第五辑 非常感叹

不禁溢满快乐的笑容,摘野枣的速度更快了……

杏花到家的时候,夕阳已经爬到了山那边,天边只留下一片红彤彤的晚霞,杏花摘了满满一篮子山枣,还未推开院门,就听见院子里传来班主任王老师的声音。杏花一愣,不知道该怎么和王老师说,她知道自己没去上学,王老师一定担心了……

果然,王老师看见杏花挎着篮子进来,惊喜地喊她:"你去山上了?杏花"

杏花羞涩地红了脸,她答应着,然后把篮子里的酸枣给王老师看:"我摘了这么多呢,等我攒够了学费,就可以去上学了……"

王老师听杏花这么说,眼圈突然红了,她拉过杏花说,我今天来就是想告诉你,你不用摘酸枣挣学费了,明天就可以上学去……

杏花睁大眼睛,连声问:"王老师,真的吗?我真的可以上学了?……"

王老师点点头说:"是的,班里还有几个和你一样情况的孩子,学校都给减免了学费和书费,因为国家有这方面的政策,以后孩子不会因为交不上学费而辍学了……"

杏花的脸上因为兴奋而红彤彤的,就像是那遍野的熟透的红山枣。她跑进屋里,对躺在炕上的奶奶说,奶奶,我又可以上学了,只要能上学,我就可以考上大学,实现我的理想了……

院子里,王老师听见杏花兴奋的声音,仿佛看见了屋子前面的山坡上漫山遍野开满了杏花……

六指儿

六指儿虽然不到一米,可是小小的身躯里面却有着比山还要高的责任心。其实柿子不值钱,可是在六指儿心里,那是比黄金还要珍贵的,因为那是村里交给自己的任务。

村子里有一六指儿,年近三十,身高却不足一米,父母逝世后,独自一人住村外的茅草屋里。

六指儿还有一个姐姐,虽不是六指,但却天生愚钝,早早被父母许配给了邻村的铁匠,但听说是个好吃懒做的主,而且好赌,好多年都已经不再来往。

六指儿不但身高比普通人矮许多,而且还是个哑巴,智力也比普通人差些,父母在世时,有他们的照顾,日子倒还可以应付,可是现在父母都已经去世,村里人不禁为他以后的生活而担忧起来。

六指儿开始在村子里乞讨。

村里人厚道,看见六指儿拖一短木棍,捧着一个缺了一个边的破碗从远处走来,总会争着从家里找出吃的给六指儿放碗里。

六指儿并不客气,接过吃的一顿狼吞虎咽,吃完抹抹嘴,走了,并没有什么客套话。

村里人也不计较,只是摇摇头,苦笑着看六指儿蹒跚走远。

村外的柿树林是队上的,那些柿树,枝干苍劲粗壮,已经有些年头了,每年秋季叶落之际,正是柿子熟透的

第五辑 非常感叹

时节,它们像红红的灯笼一样挂满枝头,场面甚是壮观。

队长德高望重,他提出让六指儿看管那片柿树林,每家出些粮食算作工钱,这样也省的六指儿再出来乞讨了。

村里人没有意见。因为他们知道这是队长为了照顾六指儿特意这么做的,其实他们知道就算没人看管,也不会有人去偷的……况且偷去了也值不了几个钱,现在生活富裕了,谁还会去在乎那几个柿子……

但他们乐意一起和队长去维护这个善意的谎言。

队长找到六指儿好说歹说,总算让六指儿明白了他的意思。

六指儿跟着队长搬到了柿树林里的两间空房里。

走时,队长为了显得郑重,特意拍拍六指儿的肩膀说:"你别偷懒,一定好好看管,全村人交给你的任务呢……"

六指儿满脸凝重。他好像一刹那明白了这项任务的艰巨。

六指儿不再去村里乞讨,队长给他送来许多米面,村里的人隔几天也会给他送一些吃的,六指儿饿不着,每天都去那片柿树林里转悠,认真而专注,像是守护一片重要的宝贝。

六指儿姐夫突然找上门来的时候,六指儿正站在柿树底下看着满树的柿子傻笑。他是不舍得摘一个吃的,这是村上的呢,六指儿没有忘记自己的任务。

姐夫在六指儿房里转了几圈,看没有值钱的东西就走了,临出林子的时候,掏出随身带的蛇皮袋子,爬到柿树上,摘了半袋子柿子准备扛回家。

六指儿发现的时候,姐夫已经背着装满柿子的口袋

回家的路

走出了柿树林。

六指儿猜出姐夫是偷了柿子想带回家。他像突然疯了一般，追上去，朝着姐夫哇哇叫着，想让姐夫放下柿子，姐夫不听，脚下却比平时走得更快了。六指儿着急地比画着，喊叫着，可是姐夫却越走越远，等姐夫爬过前面那道几米深的沟崖时，六指儿已经奋不顾身地疾追过来……

六指儿不到一米的身躯终究还是从沟崖上面摔了下去，弱小的身躯像是田野中那些纷飞的蒲公英花一样，轻飘飘地落在了沟底……

队长带人赶过来的时候，六指儿身上的血已经在灰黄的土地上盛开出一片大大的花朵，他抬起头，指着姐夫仓皇逃走时，留下的那袋柿子，虚弱地笑了一下，就昏迷过去……

队长抱起六指儿，快步向医院跑去。

六指儿出院后，那片耀眼的柿子都已经被村民收进了仓里。柿树林已经不用看管了。

六指儿每日还是在柿树林里转悠，脸上满是落寞。

晚霞绚丽

出院那天，他用手语告诉她，我已经在离婚协议书上签字了，母亲也已经为她当年对你说我已经订婚的谎话而道歉了，你能跟我回家吗？

他悄悄地把窗子打开，远处那个穿着鹅黄色上衣的

第五辑 非常感叹

女子正在摊位前忙来忙去。

他用手掌托住脸，趴在窗台上，静静地看着，再也不舍得把目光移开。

明天他要早点下班，这样就可以在她的摊位多玩一会了。几个月前，他去她的摊位买书时认识了她，此后，他便暗暗喜欢上了她。

她是那样温柔细心，让他感觉，她就像墙角那丛金黄的迎春花一样，淡然而又美丽。

可是他知道自己的缺陷，他没法像正常人那样说"我爱你"，在她面前，他会觉得非常自卑。他能做的，就是默默地帮她整理摊位上那一摞摞书籍。

后来，他无意中发现，她竟然会手语。此后，他来她摊位的次数更多了。只要他来，不管多忙，她都会用手语跟他聊一会天。他们交流得那么默契，和她在一起，他会忘掉所有的烦恼，甚至忘掉了自己是有缺陷的人。

他与女孩的交往不久就被他的母亲发现了。

母亲很排斥乡下来的女孩，她总以为那些贫穷环境下长大的女孩子，世故而俗气。母亲认为，他虽然不会说话，可是有正式工作，收入稳定，找个可心的媳妇，还是很容易的。

可是母亲不知道，他不喜欢母亲替他看中的那些女孩子。

那个傍晚，他早早地下了班。绚丽的晚霞像一片火红的玫瑰盛开在天边。他手心里攥着精心为她挑选的礼物，那是一个晶莹剔透的玛瑙挂件，挂件的中央有一行小字，想起那行小字，他的脸突然红了，他在心里偷偷责怪那漫天的晚霞灼热了他的脸颊。

突然，他看到母亲从女孩的摊位前走过来，他急忙

回家的路

把挂件放在身后。母亲看见他，脸上并没有流露出特别的表情，只是打了个手势，让他早点回家。

他点点头，看见母亲走远，转过身就朝书摊走去。她忙碌的身影在他面前晃着。不知为什么，这次看见他来，她竟然不理不睬，他犹豫半天还是把那个挂件递给了她。

她抬头看他一眼，接过挂件看都没看就扔到了一边，眼睛里的冷漠让他不禁倒退了几步。同时心中的疑惑和不解排山倒海般涌来，他急急地打着手势询问到底发生了什么事，可是，她只是用一种近乎决绝的态度让他尽快离开，再也不肯跟他多说一句话。

他伤心地离去。回到家，他还是习惯性地把窗户打开，那个曾让他无比温暖的身影还在一如既往地晃动着……

一天两天，日子如流水般逝去。他一次次去找她，她一次次赶他走……时间久了，他终于从她对自己冷酷的态度里生出一份深深的自卑，他渐渐认识到，她对自己的决绝，是因为她嫌弃自己身体的缺陷。

他像个木偶般接受了母亲带回家的那个女孩，当亲朋好友在他的婚礼上欢歌笑语时，恍惚间，他好像又看到了那个温暖的身影……

婚后的日子，平淡而乏味，媳妇很少回家，偶尔回家也是拿了钱就走，甚至都不正眼看他一下，久了，他感到一种彻骨的孤独，精神越来越差，最后不得不靠大把的安眠药维持睡眠……

单位的体检报告被朋友送到他父母那里时，他们已经结婚近一年了。新媳妇知道他得了很严重的病时，收拾好自己的东西，留下一纸离婚协议书就离开了家。他

> 第五辑　非常感叹

母亲看到这个情形，欲哭无泪，陪着他去医院接受一次次的治疗。最后因为疲劳过度，晕倒在病床前，父亲为此辞掉工作，在医院里照顾两个病人，一时之间，家庭陷入困境。

这天早上，鸟儿在病房外面的树枝上欢快地跳来跳去，他侧头望着窗外出神。忽然那个穿着鹅黄色上衣的身影又从眼前飘过，他揉揉眼，以为又出现幻觉，可是不一会儿，病房的门被打开了，那个让他魂牵梦绕的身影真的站在床前微笑着看着他，他再次揉揉眼，细细端详，直到她把那个挂件放在他的手心里，他才知道，这一切竟是真的。

她打着手语说，大夫说了，你的病只要没有心理负担，会很快康复的。她还说，她已经把摊位转让了，从今天开始专心照顾他……

出院那天，他用手语告诉她，我已经在离婚协议书上签字了，母亲也已经为她当年对你说我已经订婚的谎话而道歉了，你能跟我回家吗？

她微笑着望着他点点头，然后拿出当初被她丢掉又捡回的挂件，用手语念着上面那行小字："我想陪你一生一世……"

只是她没有告诉他，她以前不会手语，手语是她在认识他后，为了跟他交流而专门找老师学的……

那份善良

别人一直以为那是她的亲生儿子，后来才知道那不是她的。看她对孩子那么好，又会是谁的呢？看她像是

回家的路

衣食无忧的样子，后来她为什么又出来找工作呢？走进故事，慢慢地告诉你……

她牵着儿子的手，在公园里慢慢走着，道两旁的芙蓉花开得正旺。她穿着浅绿色上衣的身影，掩映在一簇簇红花中，远远望去，像清晨那抹清新的空气，让人心旷神怡。

每天她都会和孩子来这个公园里玩会，我坐在公园带有落地玻璃窗的超市里，注意她好几天了，她那么娴静从容，脚步总是轻盈而矜持，好像怕惊扰到花丛中那些不知名的小虫子一样。

走一段路，儿子也许不耐烦于她的不紧不慢，总是挣脱她的手，飞快地跑到前面去。有时，被小径上铺满的鹅卵石绊倒，趴在地上，大声哭起来。她也只是温柔地伏下身去，笑着说些什么，然后看到那小小的男子汉会忽然爬起来，然后乖乖地被她牵着，又向前走去。

有时，我看着看着，眼睛会突然湿润起来，感动在这份温馨里。我在想，一个女人，该是被男人怎样宠着，才会如此优雅地对待生活，想多了，时间久了，就会有结识她的念头。

那天午后，淋漓的小雨一直下个不停，公园里人少，店里人也少，我随意翻着一本书打发时间。就在这时，厚重的玻璃门被人推开了，我抬起头，看见了她那张带着笑容的脸，我急忙站起身，点头朝她示意，她歉意地说："不好意思，我来是想问一下，你们的店招聘人吗？"我一时有些愕然，心想店里并没有贴出招聘启事啊！她也许是看出我的疑惑，马上说："没关系的，我只是随口问问。"然后对我笑了笑，就告辞了。

194

第五辑 非常感叹

一下午，心中都在想这件事，看着她像是衣食无忧的样子，怎么会想起要出来找一份工作呢？是不是遇到了什么难处，如果那样的话，让她来店里帮忙，也未尝不可。

第二天，天气晴朗，被雨水冲洗干净的叶片，在阳光的照射下，泛出亮晶晶的光泽。公园里的人多了起来，我的眼睛在三三两两的行人中寻找着她的影子，难道她今天不会来了吗？这么想的时候，心中不禁有些失落。

可是，连着过去了十多天，还是没有再次见到她的影子，我猜想她已经找到了上班的地方，也就把这件事淡忘了……

再次见到她的时候，已经是一个月以后了。那天，她领着孩子来超市买东西，我差点认不出她，她穿一身得体工作装，显得干练而精神。我说好久不见，她笑着说，是啊，现在上班了，很少有时间过来玩了……我们熟络地聊着，就像相识很久的朋友。

她走后，在店里玩的大妈问我："你认识她啊？"我点点头，笑了一下说算是吧！不料大妈突然说："她命苦啊！"我心里一惊，忙停下手里的活问她怎么了？大妈疑惑地看看我说："你不知道吗？"我摇摇头说不知道。大妈说，其实她领的孩子不是她的，是她丈夫和前妻生的，她丈夫得病后，前妻就和他离婚了，而她就和那个男人结婚了……

我疑惑地张大嘴巴说："她知道那个男人得病了，还嫁给他？那男人是什么病啊？"大妈叹口气说："听说是绝症呢！"我愈加迷惑，世上还有这样的傻瓜？

回家的路

听说这女的以前是那男的学生，一直爱着那男的，可那时男的已经结婚，所以她就没表露出来。直到男的病了，老婆和他离婚了，这女的才非要嫁给他。听说那男的开始是不同意的……大妈看我这么惊讶，一口气和我说了这么多。

"那她没有工作吗？为什么要出来找工作？"我索性打破砂锅问到底，大妈说："这女的以前有工作，但是在外地，为了来这边，就把工作辞了，听说前些日子，那男的前妻再婚后，又回来要孩子，嫌这个男人经济差，将来积蓄花完了，就没能力抚养孩子了。

这时女的毫不犹豫地站出来说，有我呢！我会给孩子一个好的生活。她现在一边照顾那男的和孩子，一边工作……

听大妈说这件事，我像是听一个故事。坐在那里，久久无法释怀……感动与这么一份善良，感动于这么一份真情……

山那边

那日我骑着单车，长发飘舞。道两边的紫荆花正开得起劲，紫色的花朵缀满了细细的花枝，一团团，一簇簇，蓬勃得像是要挣脱枝干的束缚，张扬出一个让人震撼的春天……

你说，你会带我去山那边看看，山那边的天空湛蓝高远，我们会躺在松软温暖的田野里，亮亮的阳光晃得

第五辑 非常感叹

我们睁不开眼睛。

曾有多少个夜晚和白天，我沉浸在你描述的美好里无法自拔。为了让美好蓝图尽快变为幸福现实，我一次次地催促你，可是你总以各种借口推脱。

我又开始一次次地给你发短信，眼泪挂在腮角，像个倔强而任性的少女。可是，我早已不再年轻。此时，这么美好的想象也只是因为，历经世事沧桑，突然遇上了一份可以让我回到青春年少时的激情。

我无助地趴在桌子上，眼泪倾泻而下，瞬间淹没了你在我脑子里清晰的背影。那日，你头也没回，用你的决绝表明了你对我的厌恶。

我悔恨于自己的过分聪明，你说你会专心爱我，你对我那样温柔体贴，其实这已经足够。我为什么要明察秋毫，非把隐藏在华丽袍子下面的虱子抓出来，然后甩到你的脸上……

那日我骑着单车，长发飘舞。道两边的紫荆花正开得起劲，紫色的花朵缀满了细细的花枝，一团团，一簇簇，蓬勃得像是要挣脱枝干的束缚，张扬出一个让人震撼的春天……

就在我迷醉于那些花的时候，单车一下撞上了你。哎呀……你痛苦地蹲下身去，我大惊，两手本能地捂住眼睛，单车冲上路边的泥坑，我也重重地摔倒在地。你一边咧着嘴，一边急切站起身走过来扶我，眼睛里竟然是藏不住的愧疚和不安。

以后，我们开玩笑的时候，总会拿出这一段邂逅，取笑这一场老套的相识相爱，可是那笑容里，却嵌满了幸福的音符。这样的时刻，你总是喜欢背起我，你说把我驮在背上的感觉，温馨得像是一幅画，让你想起了山

回家的路

那边你的亲人。

你一次次提起山的那边,我的心也跟着起起落落。我想去山那边的念头,终于在那个明媚的午后,从微弱的火苗燃成了熊熊烈火。我瞒着你,独自踏上了去山那边的路,路上我想起你说的那些时机还不成熟的借口,嘴角悄悄漏出一丝得意的笑容。

当我站在你家门口时,我自豪地说出你的名字,我说我路过这儿,顺路过来看看,那个我以为是你姐姐的瘦弱苍白的女人,拉过两个孩子,惊喜地看着我说,这是你们爸爸的同事。我立时呆立在那里,不知所措。心中的懊悔和怨恨灌满了胸腔,想都没想,我扭头冲出那个幽静的院落,泪眼婆娑中,我看见了你家有棵高大茂盛的紫荆树,此时花期已过,碧绿的叶子生长得铺天盖地。

我责问你,为什么骗我?你瞪着血红的眼睛凝视着我,你说,你的自私让我感到可怕,你知道吗?她供我上完了四年大学,我在山这边教学,她独自在家照顾两个幼小的孩子,就在几个月之前,刚刚查出乳腺癌,医生说,她根本活不过这个秋天……认识你,已经让我背负对她无法承载的愧疚,你为什么还要跑去伤害她?

我站在你的身后,看着你渐行渐远的背影,身子抖成了一团,难道真是我错了?

我找到你的朋友,哭诉你的绝情行为,他沉默片刻,叹口气,终于忍不住说道:"其实你无须怨恨他,那个女人是他的亲嫂子,他父母早逝,哥哥、嫂子供他上大学,毕业那年,哥哥病逝,临死留下遗言,希望他娶了嫂子,他嫂子却一直不同意和他结婚,这件事就这样放下了,

第五辑 非常感叹

可是两个孩子却一直喊他爸爸……"

我擦干眼泪，一遍遍打你的手机，我想问你，将来，你还带我到山那边，一起躺在湛蓝的天空下，看白云漂浮，一起感受微风吹过的惬意吗……

回家的路

第六辑　独特感悟

　　生命的感悟，是一泓清泉。成长的感动，是一颗花蕾。有一种遇见，于千万人中，只此一眼，便是眼睛与眼睛的重逢；是心与心的相依。生命是独特的，感悟也是特别的。有些事，轻轻放下，未必不是轻松。有些人，深深记住，未必就是幸福。那就在生命的坎坷路途，给自己一个灿烂的微笑，给身边人一份哪怕很微弱的一份温暖吧！

幸福的开始

　　有时候，我们眼睛看到的幸福并不是真正的幸福。幸福是个人心中的一种深切感受，过得幸福不幸福只有自己知道，所以，我们不能对别人的幸福评头论足。有时我们看到别人的痛苦，其实是别人幸福的开始。

第六辑 独特感悟

佳离婚了！

接到好友打来的电话，我心中一惊：怎么会？

好友语气恨恨地说：她老公在外面都和别人生孩子了，真是个陈世美！

听好友愤慨地骂完，我脚步沉重地走到窗前，眼睛越过窗外那排茂盛的法桐，思绪也飘回到以前的岁月。

佳是我们的高中同学，漂亮，文静，成绩又好，一直都是公认的校花。再加上她父母都是市里的机关干部，更显得身上有一份与众不同的高贵气质。

临近高考的那个夏天，佳突然病了，住了很长时间的院。出院后，高考已经结束，就这样，佳错过了考大学的机会。没多久，佳就在父母的帮助下，进了当地一个政府部门工作。

当我听到佳突然结婚的消息时，心中的震惊和现在听到她离婚的程度几乎是一样的。

和佳结婚的男子，家在僻远的农村，初中没毕业就辍学了，在一家公司当送水工。在佳的婚礼上看到他时，他一身名牌西装配枣红色的领带，头发梳得一丝不乱，看上去倒也很帅。不过，依佳的条件，找一个农村人，好像也太说不过去了，为这事，同学们议论了很久。

后来听说俩人结婚后，住在佳父母的那套高档干部楼里，日子过得很滋润。慢慢地，同学们都在各忙各的，也就很少再说起这事。又过了一年，听说佳的父母给他投资开了一家大型五金建材店，同学们都说这小子真是掉进福窝子里去了。他们结婚四年后的一次同学聚会，大家都劝佳赶紧生个孩子，说有了孩子生活会更加幸福美满的。有的同学更是起哄般地喊，佳，听说你的老公都开三家连锁店了，你是不是该辞职回家专心当老板娘

回家的路

了。佳依旧安静地坐在那里，微微地笑，并不回答。

想到这儿，我忧伤的目光从法桐硕大的叶片上收了回来，心里塞满了重重的失落。

我决定去看看佳。虽然这么些年，我从来没去看过她。因为害怕尴尬，我决定和我的同学娟一起前去。

佳给我们开门时，脸上的表情很淡然，很平静，依旧有一丝淡淡的微笑。当我们进屋，环顾四周，房间内的摆设虽说简单，却干净整洁，没有我想象中的邋遢样子。客厅的窗台上放着一盆胖胖的绿萝，那嫩嫩的枝蔓恣意疯长着，远远望去，像一顶漂亮的草帽张扬地躺在那里。

把我们让进屋内后，佳的情绪突然兴奋起来，她热情地让我们在沙发上坐下，很大声地和我们聊着天，好像一时之间又回到了高中时代。好几次，我忍不住想要问她离婚的原因，但看到她脸上始终浮着一层夸张的笑容，内心便隐隐作痛，也就没有了开口问她的勇气。

从佳的家中走出来，我和娟再次谈论起她的情况，我们都有些纳闷，遭遇了这么大的爱情不幸，她应该异常愤慨地向我们哭诉才对，她竟然只字不提，这与她以前的处事风格判若两人，我们都怀疑她另有隐情。不过，既然她不愿意说，我们也不便刨根问底。

再次见到佳，是一年以后的一个下午，那时佳正与一个男人在公园散步，看见她一脸阳光地依偎在男人的身边，我和她心照不宣地相视而笑。看样子，她那时已经有了真正的幸福。

几天后，在一次婚宴上，我遇见了佳。趁婚宴还没开始，我和佳一起出去散了一会步，我问她现在过得怎么样，她说非常幸福，也非常坦然。

第六辑 独特感悟

我问她当初离婚的原因，她解释说，朋友们一直都认为他对不住我，其实是我对不住他。高中时代的那场病损害到了我的生殖系统，我虽然早就知道这辈子都不能生孩子了，却瞒着他，和他结了婚。后来，他出轨了，我一直装作不知道，因为那是我在为自己的过错赎罪。直到和他离婚了，我内心的负罪感才彻底消除。现在我才意识到，人生在世，痛苦的种类也许会有很多种，而内心深处对别人的亏欠才是最折磨人的。

那是一个秋日的下午，佳说这话时，落日的余光暖暖地打在我的脸上，也打进了我的心里，而漫天彩霞也早已绚烂了整个天空。

知道事情的真相后，我百感交集。我想，以后看问题再也不能那样主观，有时我们看到的不幸，其实是别人幸福生活的开始。

你让我更美

我知道你有了心事，在我再三的请求下，你给我看了信件上的一段话："如果你不回来去市里那所重点学校报道，那我们就分手吧，城里有很多好姑娘……"

以前，我一直不知道"美"这个字眼的真正含义，直到你出现在那个蝉鸣震耳的夏天里。

你是来支教的老师，住在我们家的后院里。

你来的时候，长发飘飘，一袭长裙，像是画上下来的仙女，轰动了全村。

回家的路

我不知道那时的你为什么用那么肯定的态度看待我。你说我长大了一定会比你还要美。

吃饭时，我想起你的目光，总会自觉多吃些蔬菜，因为你说过，多吃菜才会长得如你一样身材修长。每当我像男孩子一样爬墙爬树时，我又会想你的目光，你说女孩文文静静的才让人喜欢。久而久之，你的目光竟成为一种无声的鞭责，牢牢地锁住了我放荡不羁的野性。

我放了学不再到处疯跑，而是和你一样坐在房间里老老实实地看书。你说"书内自有黄金屋，书内自有颜如玉"，书也是最好的美容品，读书多了，容颜自然也就更加美丽了。

我很听你的话，拼了命地读你带来的书，一本接着一本，有时抬头看你正望着我笑的样子，我觉得那就是你对我最大的认可和夸赞。

我喜欢和你在一起，我也喜欢跟在你身后去弥漫着花香的田野里溜达。

傍晚，夕阳的余晖染透了半边天。村庄，树梢，还有你望着远方沉思的身影都被涂上了一层薄薄的金黄色。

这个时候，你还是淡淡地笑，你说，你的家乡和这里一样美。

"可是你会走吗？"问这句话的时候，我的心像是堵上了一把乱草，让我有些窒息。

"等你们长大了，我就会走的……"你俯身采下一支狗尾巴草，然后低声说。

我不再说话。那一刻，突然感觉深深的失落涌上了心头，我知道，你终究还是要走的，也许不等到我们长大就会走的。

第六辑　独特感悟

秋天刚过，冬天就急不可待地来了。因为你的言传身教，我早已不再是那个上墙爬屋的野小子了。白天听你在课堂上讲课，晚上做完作业听你讲故事，时时刻刻像是一块口香糖一样粘着你。

那个冬天，你的信件突然多了起来。

我有时会听到你半夜里躺在床上辗转反侧的声音和一声声的叹息。我知道你有了心事，在我再三的请求下，你给我看了信件上的一段话："如果你不回来去市里那所重点学校报道，那我们就分手吧，城里有很多好姑娘……"

你没有走。你说只有在这里才能实现你生命的价值。

我更加勤奋地学习。我也不再惧怕长大后，你会离开。我多么想尽快长大，大学毕业回来接替你的工作，让你早日回城里结婚。

看我努力读书的样子，你还是会说，你长得真美，长大了一定会更美的……

你最终还是没再回到城里，你在我们的邻村找了一个曾经当过兵的小伙，在我们家乡永久住了下来。

日子就这样渐渐逝去了……

我长大了，你却已经老了，只是依旧那么美。前几年，村小合并，你随学校一起去了镇上的中心小学，家也搬到了镇上。

我不知道我的样子是否符合你的期盼。每次回到老家都想去看看你，不知为什么，总是没有勇气。说实话，我是不自信的，我害怕我让你失望，辜负了您那清澈而美好目光。可是，你给予我的希望和自信，我却永远也忘不了。这些对我完美人生的"预言"就像是一盏温暖的灯，指引我在正确的道路上不停前进。虽然那时候感

回家的路

到有些辛苦，可是，也正因为了这份辛苦才让我走得更快速、更稳健。

我想，这才是您给我的最宝贵的财富吧。

坚强向上每一天

岁月如梭，当他回过头来重新打量以前的日子和自己，终于感悟到，有些困难和磨难其实是一笔财富，因为只有经历了这些困苦，生命才会丰厚，自己才会成长。

他摔断腿的那天，天上正下着雨，细细密密的雨丝挡住了他的视线。其实那天如果不是出了事，该是多么美好的一天啊！他一直喜欢这样的天气。

他是去姐姐家干活的路上，突然淋了雨，他费力蹬着自行车走在泥泞的小路上，他心想，如果雨再小一点，自己或许可以停下车子，观赏一下雨中的风景。

就在他的思绪随着雨丝乱飘的时候，前面拐弯处突然出现了那辆车子，眼看车子直冲而来，他惊慌失措，就在这时，他的车头本能地往一边靠去，连车带人滚下了山崖……

醒来的时候，他知道自己永远失去了一条腿，欲哭无泪，他想到了死，可是父母看管得紧，这让躺在病床上的他无计可施。

也就是那天吧，天空还是飘洒着雨丝，老父亲听他说了一句"想吃自己家的挂面……"立即动身，来回步行几百里路回家给他压了面条送来……那一刻看着老父亲花白的头发在风中乱舞，浑身被汗水浸湿的样子，他突然就哭了，自此再也没有想死的念头……

出院的时候，家里的积蓄都因为这场车祸而花得精光。

他看着年迈的父母和家徒四壁的家，他开始考虑以后和将来，自己是家里的顶梁柱，只有自己打起精神，这个家才会有希望……

父亲以前会手工做挂面，但是年纪大了后就把这个手艺放下了，他心想，自己从今天开始就接替父亲的工作，接着做手工面条吧，虽然这份工作有些劳累，但是只要自己不怕吃苦，还是能够养家糊口的。

自此以后，他开始打起精神认真和父亲学习做手工挂面的手艺。做挂面看起来简单，其实是一件非常麻烦和劳累的事情。

做面条的第一道工序就是和面，而和面是很费体力的一件事情，和好面先切割成条，然后放在木盆里面等两个小时。两个小时以后再切割，再等一个小时……这几道工序细致又艰辛，开始的时候，他用一条腿站立着做完这些，往往会累得像散了架，几天下来，慢慢适应了，感觉还好一些。

这些还不是最艰难的，最艰难的是面条做好后，在院子里晾晒，因为要保证面条的硬度和劲道，面条往往是要做成几米的长度才行，而晒面条的竹竿也要搭成几米高的高度，才能晾晒合适，这就需要爬着梯子才能上去。这个时候是他感觉最受考验的时候，开始他找不到平衡，不知道摔倒多少次，后来在家人的帮助下，他逐渐找到窍门，开始灵活自如，当大家看到他用一条腿站在高高的梯子上干活时，都浸着眼泪为他鼓掌，只有他

回家的路

知道，他能做到今天这个样子，到底付出了多大的代价和汗水。

因为他做的面条越来越好，一些外地的客商也慕名而来，后来生意越做越大，他又雇了几个人和他一起做面条。这个时候，他已不再是在病床上胡思乱想的那个幼稚的自己，而是成熟、豁达、吃苦耐劳，已经变成了真正的男子汉……

岁月如梭，当他回过头来重新打量以前的日子和自己，终于感悟到，有些困难和磨难其实是一笔财富，因为只有经历了这些困苦，生命才会丰厚，自己才会成长。而这些也更加让他感恩生活，感恩遭遇到的一切，这些看似对自己不利的东西，反而让他有了幸福的今天和无限美好的将来。

当别人问他，如果时光重新来过，他会选择怎样的人生时，他笑笑说，拥抱生活赐予你的一切，好好活着……

爱的方式

爱有多种方式，有一种方式，会对你造成伤害。不是不爱你，只是那种方式很特别，甚至特别得让你无法相信，于是爱得越深，伤得越重。

他爱怜地看着躺在自己怀里熟睡的她，悄悄挪动了一下被压得有些麻木的胳膊，不忍心弄醒她，不料，她还是醒了，他歉意地吻了一下她，一抹红晕瞬间漫上了

第六辑 独特感悟

她的脸颊……看着她娇羞地回过头去，他不容她拒绝，站起身，拉起她的手，跑向田野的远处……

正值金秋十月，满山遍野开满了炫目的野菊花，他们在花丛中奔跑嬉戏，欢歌笑语让寂静的花海荡起一层层的涟漪。娇嫩的花骨朵歪着头诧异地盯着他俩，旁边的狗尾巴草也伸着长长的脖子想要和他们一起玩耍。他停下脚步，找了一朵最美的花蕾想要采下来送给她，回过头，看着她制止的眼神，他把手缩回来，忍不住悄悄刮了一下她的鼻子。

她说，我什么也不要，你在我身边就是最好的礼物。他感动地把她拥在怀里，紧紧抱住她，希望这一刻时光停止，一切都永恒在这片花海里。

他认真地捧住她的脸，看着那明亮的眼睛，小心翼翼地问，嫁给我好吗？我想要你，听完这句话，她突然挣脱他的怀抱，不顾他在后面着急的喊叫，慌忙跑走了……他不知道自己哪儿说错了，呆立了片刻，急忙追了上去。

当他气喘吁吁地在一个路口拦住她时，她好像还未从那阵惊慌中平静下来，她苍白的脸上写满了对他的恐惧，看她这个样子，他的心痛瞬间溢满了全身。他轻轻张开怀抱，温柔地叫她"乖，别怕，我不会再说伤害你的话……请相信我……"她犹豫了一下，还是忍不住跑上前紧紧拥住了他，她的泪水打湿了他的前胸，她喃喃道："原谅我，亲爱的！因为爱你，所以我怕……"

他诧异地问："爱我，为什么不能嫁给我？为什么不能给我？"她用悲伤的眼睛望着他，不知道该怎么解释自己的心情，她只有把自己的嘴唇凑上去，用热烈的吻表达自己对他的感情。

回家的路

可是，他却轻轻推开她，认真而固执地说，也许每个人对爱表达的方式不一样，但是，我以为最真的爱是不应该有保留，有设防，有怀疑的。你不肯给我，其实就是不信任我，是不是？难道你的心里还有别人吗？没等说完，他已悲伤地蹲下身子，使劲捶打着自己的脑袋，痛苦得不能自已……

"没有，我的心里只有你，我爱你，难道你感觉不到吗？"她抽泣着说道，"可是，我怕越爱你，就会越伤害到你啊！"

"我不怕，只要你爱我，这就足矣！"没等她反应过来，他已爬到了她的身上，她抵挡不住这份浓烈的爱，渐渐融化在这片柔情里……

她望着天上的幽幽白云，闻着身边的阵阵花香，迷醉在忘我的幸福中……她不由自主地一把搂过他，紧紧地。她看见他的眼中闪过无限的惊恐与后悔，她想放开他，可是她已控制不住自己。她是那么渴望全部而彻底地拥有他，她张开嘴狠狠地咬了他一口，接着，一口，一口，再也停不下来，很快，她就把他全部吃掉了。

她是一只螳螂，他也是。

爱有多种方式，有一种方式，会对你造成伤害。不是不爱你，只是那种方式很特别，甚至特别得让你无法相信，于是爱得越深，伤得越重。

不该丢掉的简单幸福

想想我们这些成年人，哪里还有这样的快乐！更别说为看一场电影而激动得一夜未眠，甚至顶着接近40

第六辑 独特感悟

度的高烧坚持去把电影看完。这种执着于快乐和幸福的简单激情，是我们渐渐失去的一种生存能力。

昨日，诊所里忙碌半天后终于有了片刻悠闲，刚想休息一下，突然从门外跑进来一个孩子，没打招呼直奔里面的床上倒头躺下。我正纳闷，孩子的妈妈紧跟其后走了进来。

我站起身，刚想开口问，孩子的妈妈已经竹筒倒豆子一般，说起情况来。

原来孩子昨天收到电影公司发的优惠券，学生元旦看电影，半价优惠。她兴高采烈地告知父母，她们同意了，这让孩子激动不已。

吃过晚饭，孩子早早地上了床，只等次日和同伴去看电影。没想到，因为过度兴奋，翻来覆去总是睡不着，快天亮时，才好不容易迷糊了一会，就又马上从床上跳起来。妈妈看到她如此激动，也索性不再睡觉，起床陪她聊天。

吃过早饭，一切收拾完毕，只等着同学来叫她。她突然小心地说了句，妈妈，我有点头晕。她妈找了只体温表给她量体温，竟然烧到了39度……这时，孩子的同学已经在楼下按了门铃，女儿看着妈妈，眼神里充满哀求，希望她不会拒绝她去看这场电影。最终，孩子的父母，还是找到家里的一点感冒药先给她吃了，然后送她和同学到了公交车站，看着女儿和同学蹦蹦跳跳地上了公交车，叽叽喳喳地说笑着，妈妈内心虽然纠结不已，还是微笑着和孩子挥手再见。妈妈一直等在楼下，看着孩子回来，虽然精神有点萎靡，但还是那么快乐。我一边给孩子量体温，做些常规检查，一边听妈妈讲完这些，

回家的路

不禁感叹不已。想想我们这些成年人，哪里还有这样的快乐！更别说为看一场电影而激动得一夜未眠，甚至顶着接近 40 度的高烧坚持去把电影看完。这种执着于快乐和幸福的简单激情，是我们渐渐失去的一种生存能力。

记得小时候，住在乡下，那时候半月一次的露天电影是我们童年里最美的期盼，要是知道哪天晚上村子里来放电影，我们放学后也会早早地做完作业，吃过饭，急急地拿个小板凳去场子里等着，不管寒风刺骨，还是酷暑难挨，那一刻，就是我们生命里最大的幸福。

不知什么时候，我们长大了，终日为生计奔波，为世俗的琐事所累，我们都已经忘记了自己还有这么奢侈的简单激情。我们的心里，不管做什么事情，都先把利益放在前面，哪怕和喜欢的人看一场电影这么简单的事，都会斤斤计较到不要影响到自己的收入。给孩子打上针，看着她红扑扑的脸蛋上洋溢着的那份藏不住的兴奋，我不禁陶醉其中。孩子，我真是很羡慕你，羡慕你有为这么简单的一件小事而感到幸福的心态。

不想被打扰的幸福

你怎么不去卖大饼了？我边往包里塞相机边问他。他并没有理会我，也没有像以前那样热情地把我让到屋里，而是踽踽着走到大门外的街上，眼神里全是防备和冷淡。

去市场找他的时候，旁边摊子的人说，他已经不干

第六辑　独特感悟

了。我不觉心中一慌，该不会是身体原因吧，毕竟已经70多岁了。这样想的时候，我已经转身脚步匆匆地往他家里走去。

穿过长长的巷子，就看到了他那两间低矮的房屋。我一边用力拍着他那两扇厚重的木门，一边大声喊着他的名字，惹得隔壁的老太太拄着拐杖出门张望。

终于听见他从里屋走出来的声音，脚步虽然凌乱，却是熟悉的声音，知道他没事，紧张的心就放松了。我把相机从背包里拿出来，镜头透过两扇木板之间的空隙，清晰地记录下了他满脸无奈和沧桑。

打开门，待看清是我时，他忽然就不乐意了，和善的脸上涌上了浓浓的不快。

你怎么不去卖大饼了？我边往包里塞相机边问他。他并没有理会我，也没有像以前那样热情地把我让到屋里，而是蹒跚着走到大门外的街上，眼神里全是防备和冷淡。

"我要出去，你走吧……"他突然冒出这样一句话。我还没进去坐坐呢，我没在意他的冷淡，回身向院子里走去，他站在身后，突然大吼一声："不准进去，以后也不准再来我家，我再也不想看见你……"

我呆立住，回过头一脸惊讶地看着他，他也正瞪着眼睛看着我，雪白的头发在晚风中抖立着，那些像沟壑一样深的皱纹盛满了愤怒。面对老人的异常反应，我一时不知所措。老人以前一直对我挺热情的，这次是怎么了？我纳闷无比。

回想起第一次见他的时候，他正在菜市场的一个不起眼的角落里开心地忙碌着，小小的摊位前排着长长的队伍，他弓着腰给客人秤大饼，温暖的阳光给他历经沧

回家的路

桑的脸上抹上了一层柔柔的光芒。因为忙碌，汗水顺着他的脸颊流下来，他顾不上擦一下。大饼很快卖完了，可是后面还有很多人在排队，他歉意地摆摆手说："明天……明天再来吧……"

我拍下了他从卖饼到收摊回家的整个过程。我看着他进了那个破落的小院，夕阳已经西下，墙头上一簇蔷薇花正开得灿烂，我舒口气，刚要转身，他突然喊住了我，同志，你是搞摄影的吧，看你都拍了一下午了，不忙的话，进来坐会喝杯茶吧！他的热情让我不忍拒绝。

也许是好久没时间和人聊天了，他把我领到他干活的作坊里，给我倒了一杯茶，就和我聊起他靠打饼为生的日子。

"年轻的时候因为穷，一直没娶上媳妇。"他说，"五十岁那年，远方的亲戚给他介绍了一个年轻寡妇。那个女人在生下女儿的第二年就离家出走了，这以后他就靠打饼卖饼把女儿养大，现在女儿在南方一所大学上学，寒暑假会回来帮他卖饼，日子虽然清苦，却安稳幸福。"他说话语气平缓，像他的生活，虽然普通，却很幸福。

"只是……"说到这里，他突然有片刻的迟疑，"我年纪越来越大了，真怕打的饼少了，会攒不够女儿下个学期的学费……"说完，浑浊的眼睛里似有泪光闪动。可是，不等我回答，他又马上爽朗地笑起来，他说，为女儿做这些，他很有成就感，因为他是父亲。

我看着他和面揉面，一切都是手工完成，为了让大饼更加劲道口感更好，他用那根碗口粗的面棍一遍遍敲打着面团……汗水很快湿透了他的衣襟。我不忍再看下去，借口时间晚了，离开了他的家。

第六辑　独特感悟

这以后，我开始经常来他家里拍摄照片，这是我的业余爱好，况且他古老的打饼方式也让我惊奇不已。只是时间久了，看他那么辛苦，我开始考虑怎么才能帮他。

我找了所有的关系，希望利用媒体的宣传扩大他的影响，引起社会的关注，给他解决一些困难。后来听说，因为我的介绍，真的有多家报社和电视台的记者去他家采访了，并对他老婆离家出走，他独自抚养女儿长大成才的故事，进行了想尽报道……

今天，我是抽时间来看他的，想看看他的生活会不会因为采访有所改善，也想象着他也许会对我说一些感激的话语……

没想到，他恼恨地看着我说："以前的日子，我习惯了，我很幸福，你为啥要让那么多人来破坏我的这份安静呢？他们天天让我回忆那些痛苦的往事，几乎市场上所有的人都知道了我的故事，让我连大饼都没法卖了。就连我的女儿在大学里的正常学习生活都受到了影响，女儿为有那样一个母亲痛苦不已，也为我向记者说出了我们的故事而对我怨恨无比……"

说完，他就头也不回地离去了。

我呆呆地看着老人渐渐远去的背影，怅然若失……

做一只展翅的雄鹰

林旭站在总裁宽大的办公室里面等着他开完会约见，这时，林旭突然看见总裁办公桌上面有一摞厚厚的信件让他感到似曾相识，林旭忍不住拿起一封，信封上

回家的路

面赫然全是自己的笔迹……

林旭最初没收到叔叔的信时，心里空落落的，有些伤感。

一直以来，从初中到高中，叔叔每个星期一封信都雷打不动，生活费也是到月底就按时寄来，可怎么上大学后，叔叔反而给自己写信少了呢？

自从前几年爸妈去世后，自己跟年迈的奶奶一起生活，林旭以为自己再也没有上学的机会了，没想到会从天上掉下个叔叔帮助自己重新踏进了学校，那时候，自己多兴奋啊，全部精力都用于学习，只想考一个好的大学让叔叔高兴，不辜负他对自己的好。

那时候，叔叔的信上说得最多的一句话就是，林旭，好孩子，等你考上大学，我就知足了，我今生最大的愿望就是看着你迈进大学的大门……

林旭就因为这句话，拼命地学。老师告诉林旭，那个资助你的叔叔家里也并不是很富裕，他当年也是因为家里贫穷没有考上大学，所以遗憾终生，你可一定不要让他失望啊……林旭听了这些话，更加懂事，从不乱花一分钱，因为他知道这是叔叔的血汗钱。

林旭这么想是因为以前学校里的有些学生听说他有个有钱的叔叔，经常邀他一起出去玩，还买一些零食，开始的时候，林旭不好意思拒绝，放学后会跟在他们的后面出去，后来老师和他说了这些话以后，林旭就不再出去了。

终于等到林旭考上大学，叔叔还是写信寄钱，只是慢慢地信件越来越少了，生活费也不再按时寄了，等到大二的时候，叔叔竟然几个月都不再写信和寄钱，这么

第六辑　独特感悟

多年来，叔叔已经成为自己的依靠，他突然对自己这么冷淡，让林旭一时很难以接受，可是，眼看着生活费没有着落，林旭开始自己想办法。

开始的时候，林旭去学校食堂勤工俭学，后来，熟悉环境以后，也像其他同学那样出去做家教，空余时间还去批发市场批发一些日用品回来卖给同学，渐渐地，经济状况慢慢好了起来，叔叔不再寄钱来的时候，林旭心里也不会再那么恐慌，相反他还担心叔叔是不是出了什么问题，所以有时间的时候，林旭会写很多信给叔叔，汇报自己近期的学习和生活情况，还对叔叔说，不要担心他，要是有什么困难就告诉他一声。

叔叔很少回信，偶尔还是会给他寄钱些钱来，林旭看到这些钱，猜测叔叔不会出什么问题，就安下心好好学习。

只是林旭再也没中断自己的勤工俭学，他从平时的劳动中慢慢悟出了很多东西，自己已经长大成人，也有能力开始独立的生活，以后尽量不再依靠叔叔，毕竟叔叔辛勤工作挣钱也不容易……

林旭这么想的时候，按这个意思给叔叔写了一封信。他说他要做一个有担当的男子汉，以后就不用给他寄学费了，谢谢叔叔这么多年的帮助，他想试试自己努力挣钱供自己读完大学，给自己一个锻炼的机会。

信件发出去以后，果然再没收到叔叔的汇款和信件。林旭断了自己的后路，开始更加努力，他在不影响学业的情况下，同时打三份工，因为过早地踏上社会，接触了形形色色的人，林旭在社交能力等方面都比同班同学更加优秀和成熟，这得到老师和同学们的交口称赞。

林旭自己也感受到了自己的变化，这让他无比欣慰

回家的路

和感慨。

　　转眼大学毕业，林旭凭着优异的成绩和突出的表现被省城一家大公司看中。

　　去公司报到的那一天，天气晴朗，碧蓝的天空上面漂浮着几缕白云。林旭站在总裁宽大的办公室里面等着他开完会约见，这时，林旭突然看见总裁办公桌上面有一摞厚厚的信件让他感到似曾相识，林旭忍不住拿起一封，信封上面赫然全是自己的笔迹……

　　林旭的眼泪瞬间夺眶而出，原来总裁就是那个资助自己的叔叔，而他所有的安排只是为了让自己早日成熟，早日独立……

　　抬起头，林旭看着窗外，宽阔的天空上面，他仿佛看见一只展翅的雄鹰正自由翱翔，有力的翅膀和气流搏击，发出了震耳欲聋的声音……